INARISHOTEN KITSUNEDO
JN118427

ヨモギ

稲荷神の力を借りて
「きつね堂」を手伝う
白狐像の化身。

カシワ

ヨモギの兄。白狐像。

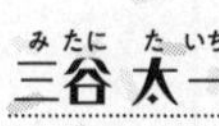

三谷(みたに) 太一(たいち)

新刊書店で働く
アルバイト書店員。

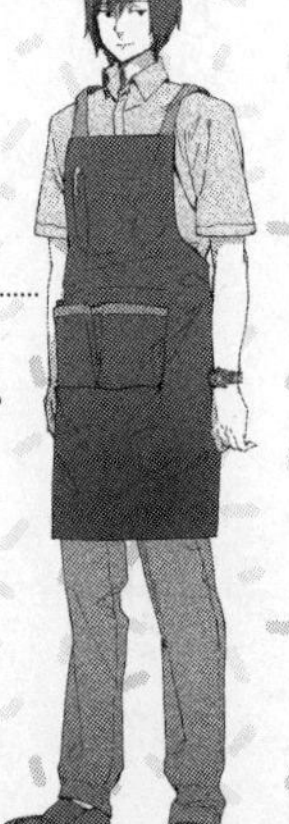

犬養(いぬかい) 千牧(ちまき)

「きつね堂」で働いている
イケメンの犬神。

イラスト／六七質

田貫 菖蒲（たぬき しょうぶ）
ご利益をビジネスとする
サラリーマン。狸の化身。
テラ
電脳空間に住まう電霊。
きつね堂の経理、ネット
担当。
火車（かしゃ）
罪悪感や火種に引き
寄せられるアヤカシ。
黒猫の化身。

第一話　ヨモギ、推しのことを考える

東京下町、神田明神のお膝元に、『稲荷書店きつね堂』という小さな本屋さんがあった。昭和の頃に建てられたと思しき古い建物のすぐそばには、小ぢんまりとしたお稲荷さんの祠が佇んでいる。

その祠を、更に小さな狛狐が守っていた。二体あったであろう狛狐は一体だけしかなく、もう一体は——。

——あれから、半年以上も経つのか。

一体の狛狐は、祠の前に立つ少年に向かってぽつりと呟いた。

あどけなさを色濃く残す少年の名はヨモギ。彼の正体は、もう片方の狛狐である。

「そうだね。ここでお爺さんが倒れた時は、どうなるかと思った」

ヨモギは当時のことを思い出し、ぶるりと身震いする。

——稲荷神さまが助けてくれて良かったよな。まあ、実際に助けたのは、お前と通行人達か。

「三谷お兄さんも、命の恩人だよね」

稲荷書店の店主であるお爺さんは、祠の手入れをしている時に倒れてしまった。

お爺さんは独り暮らしだし、敷地内は塀で囲まれていて通行人には気付かれにくいため、目撃したのはヨモギ達しかいなかった。

そこでヨモギは、お爺さんがコツコツと貯めたご利益で人間の姿になり、お爺さんを助けたのである。

——あれから、お爺さんは大丈夫なのか？

狛狐——ヨモギの兄であるカシワは、心配そうに問う。

「うん。お医者さんから貰ったお薬をちゃんと飲んでるし、負担が掛かりそうなことは、僕と千牧君でやってるから。でも——」

——でも？

カシワが尋ねると、ヨモギはちょっと困ったように笑った。

「最近は、お店に出て接客もしたがっててさ。この前なんて、本の陳列を手伝ってくれようとして」

——おお……。ずいぶんとやる気だな。やる気なのは嬉しいんだけど……。

「うん。僕も、お爺さんが本屋さんをやっているところ、とても好きだしさ。ずっと見ていたいと思うんだけど、心配なんだよね」

——だよなぁ。

ヨモギとカシワは、揃って溜息を吐く。

お爺さんは、主に心臓に負担をかけることを避けるようにと言われている。だから、散歩をするにも、とてもゆっくり歩かなくてはいけない。

食事や生活習慣は、お爺さん自身がもともと真面目で我慢強かったため、お医者さんからの言いつけを守ることが出来た。

だけど、本屋さんとしての本能には抗えないらしい。

「本屋は本を売らないと死ぬ生き物だから、って言われちゃった」

——お爺さんに？

「ううん。三谷お兄さんに」

三谷というのは、神保町の老舗新刊書店に勤めている書店員だ。彼にお爺さんの救助を手伝って貰って以来、ヨモギはことあるごとに三谷のもとへ相談に行っていた。

「書店員は、本を売っている時が一番楽しいんだって」

——本を売るために生まれて来たと言わんばかりだな……。

天職だな、とカシワは感心する。

「まあ、それだけじゃなくて、本を通じてお客さんと交流が出来るのが楽しいみたい。本は、品質や価格よりも、好みで選ぶからね。お客さんが選んだ本に、お客さんの人生の一部が詰まっているようなものだし、そういう風に選ばれる本を売ってることが誇りなんだって」

以前ならば、三谷の言うことを感心しながら聞くだけだっただろう。

しかし、三谷の話を聞いた時にヨモギは、自らもそうであると実感した。ヨモギもいつの間にか、本を売ることが楽しくなっていたし、お客さんがどんな本を選んだのか興味が湧くようになっていた。

――じゃあ、お爺さんもきっと……。

「同じ気持ちだと思う。お爺さんも本を売りたいし、それを通じてお客さんと交流したいんだよ」

――そう考えると、本屋さんのことは全部やるのでゆっくりしてて下さいとも言い難いなぁ。

「でしょう？　だから、お爺さんがやりたそうにしている時は、心臓の負担にならないことを手伝って貰おうかと思って。ちょっと接客したり、棚整理くらいならば、そこまで負担にならないだろうしね」

――そうだな。

カシワから頷く気配を感じる。

「まあ、本の陳列は、何冊も持たなきゃいけなくてそこそこ重労働だから、流石に止めるけど。新刊が発売した時も、配置の指示ならばいくらでもしてくれて構わないけど、新刊を並べるのは僕達がやらせて貰うよ……！」

——だな。本って、まとまるとかなり重いんだろ？

「僕の身体も小さくて力が入らないし、千牧君がいてくれて本当に良かった」

カシワの問いに、「そうそう」とヨモギは頷いた。

——最初の頃は大変だったよな。新刊をまとめて持とうとしてよろけたり、新刊が入ってる段ボールで手を切ったんだっけ。

カシワは、ヨモギが逐一報告していたことを思い出す。

「段ボールで手を切るのは、今もまだやってる……。新刊が来ると、早く出さなきゃって気が逸っちゃうんだよね」

ヨモギの小さな手には、絆創膏がぺたぺたと貼られていた。

——お前も程々にな。生傷が絶えないと、兄ちゃんは心配だ。

「ご、ごめん……」

あまりにも不安そうな声色に、ヨモギは思わず頭を下げる。

——でも、以前に比べて、ヨモギは本当に成長したよ。もうすっかり、稲荷書店の書店員って感じだ。

「えへへへ……」

カシワに称賛されたヨモギは、照れくさそうに笑った。

——それに、だいぶ人間っぽくなったよ。外見相応……いや、幼い男の子にしては、妙にじくさいけど。

「達観してるって言ってよ……」

姿こそ幼い少年だが、ヨモギはカシワとともに稲荷書店が開業した頃から祠に鎮座している。年齢的には、立派な大人だった。

——ヨモギは、そのまま書店員になっちまいそうだ。

ぽつりと呟いた兄の言葉に、寂しさが混じっているのをヨモギは聞き逃さなかった。

「で、でも、役目を全うしたら、僕は狛狐に戻るから……！」

慌てるヨモギに、カシワがすかさず問う。

——役目を全うって、お爺さんを看取ったらってことか？

「あっ……」

ご利益が尽きるまでは、ヨモギは人間の少年の姿でいられる。そして、お稲荷さんはお爺さんが積んだ徳をご利益として少しずつ返していこうと思っていたそうだ。

お稲荷さんは、年金のようにご利益を返していくのだろう。何事もなければ、お爺さんが彼岸に渡るまでヨモギは人間の少年でいられるだろう。

だが、その後は。

——お爺さんがいなくなったら、俺達はどうなっちゃうんだろうな。

「……分からない」

ヨモギには、そうとしか言えなかった。

お爺さんには息子がいるようだけど、息子は既に自立して家庭を持っている。書店を継ぐ気はないのだろう。

だったら、お爺さんがいなくなってしまったら、稲荷書店には誰も残らなくなる。

「ち、千牧君は……!」

――犬神は家に憑くものだから、家の者がいなくなったらはぐれ者になるだけだ、きっと。

そもそも、犬神である千牧は、それで神田をさまよっていたのだ。お爺さんがいなくなってヨモギがいなくなったら、千牧もまた路頭に迷うことになる。

電霊のテラはどうなるのか。彼はインターネットの世界を自由に行き来できるようだから、また別の場所へ行くかもしれない。いずれにせよ、彼も持ち主がいなくなったパソコンに留まることはないのだ。

みんな、お爺さんがいるから稲荷書店にいる。

みんな、お爺さんがいなくなったら稲荷書店にいられない。

ヨモギは、ぎゅっと小さな拳を握り締めた。

改めて考えると、稲荷書店はお爺さんに生かされているのだ。そのお爺さんはかなりの老体だし、身体に負担をかけてはいけないという状態だ。

ヨモギが大好きな温かい場所は、あまりにも脆い砂上の楼閣だった。

——ヨモギ。俺の願いは、お前が戻ってくることじゃなくて、お爺さんが無事なことだ。

そもそも、お前はこうやって、毎日俺に会いに来てくれるじゃないか。

カシワは、包み込むようにそう言った。ヨモギは、黙って頷くことしか出来なかった。

——くれぐれも、お爺さんを大事にな。その後のことは、その後になったら考えればいい。

だから、今は考えないようにしておけ。

カシワは暗にそう言っているようだった。ヨモギは、「うん……」と再度頷くことしか出来なかった。

ヨモギは祠を後にし、店先までやって来た。

まだ朝早いので、稲荷書店はシャッターが閉まっている。お向かいのお店も、それは同じだった。

こぼれんばかりの朝日が神田の街を照らし、その眩しさにヨモギは目を細めた。

道を往く人達はまばらで、ジョギングをしているか、少し早めの出勤中かのいずれかだった。これが、もう少し時間が経てば、登校中の学生や親子連れなども増えてくる。

そのうちの何人かが、稲荷書店まで足を運んでくれる。今日もまた、そんな人達をもてなすために頑張らなくては。

ヨモギは、小さな手で頰をぺちぺちと叩く。

「よし、気合が入った！」

「おっ、朝から元気だな」

ヨモギのすぐ後ろから声が掛かる。ビックリしたヨモギは、目を丸くしながら背後を振り向いた。

「千牧君、お爺さん」

犬の姿の千牧と、お爺さんがそこに佇んでいた。

「やあ。おはよう、ヨモギ」

お爺さんは穏やかに微笑む。ヨモギの顔も、思わず綻んだ。

「おはようございます。これからお散歩ですか？」

「ああ。あまりに運動しないのもいけないだろうからね。千牧に散歩に連れて行って貰おうと思って」

「任せろ、じいさん！　今日は皇居のお堀まで行こうぜ！」

どっしりとした秋田犬の姿の千牧は、丸まった尻尾をフサフサと振りながら言った。

「お爺さんが千牧君を散歩に連れて行くんじゃなくて、千牧君がお爺さんを散歩に連れて行くの……」

「まあ、俺はひとりでも行けるしな」

千牧は、人間の青年の姿になれる。うっかり野犬と間違われて、保健所の方々のお世話になることもない。

「私が無理をするといけないからと言ってね」

お爺さんは、千牧の頭をそっと撫でた。千牧は気持ちよさそうに目を細めて、なされるがままだ。

「ああ、成程」

ヨモギは納得する。千牧なりに、お爺さんを心配しての行動だったのだ。

「ヨモギも来るかい？」

「もちろん！　お爺さんが無茶しないように、同行させて頂きます」

ヨモギはわざとらしく胸を張ってみせる。

「ははっ。私もふたりが一緒にいてくれた方が安心だし、楽しいよ」

お爺さんは、顔に刻まれた笑い皺を更に深くさせながら、心底嬉しそうに微笑んだ。

そんな笑顔を見ていると、ヨモギの胸に渦巻いていた暗雲が晴れていく。その笑顔を絶やさないためにも頑張ろうと思える。

それは千牧も同じだったようで、尻尾をちぎれんばかりに振っていた。

ふたりは顔を見合わせると、同時に頷く。

お爺さんが天寿を全うするまで、孫のような存在としてそばにいたい。その後のことから目を背けつつ、今この時が、一秒でも長くなるようにと願いながら。

――いってらっしゃい。

カシワは散歩に向かおうとするヨモギに声をかける。ヨモギもまた、カシワに「いってきます」と手を振った。

のんびりした散歩から帰宅して朝食をとれば、いよいよ稲荷書店の開店時間だ。

ヨモギは千牧と手分けをしながら、開店準備を行う。在庫がなくなった既刊が幾つか入荷していたので、千牧が棚の補充をする。彼は人間の姿になると背が高くなるので、ヨモギには届かない棚でも楽に補充が出来るのだ。

その間、ヨモギは店先を掃除する。お向かいのお店も、女主人が掃き掃除をしていた。ヨモギは挨拶（あいさつ）をし、他愛のない世間話をしつつ、店の前を綺麗（きれい）にする。

店先の落ち葉を全部片づけたのと、千牧がシャッターを開け始めたのは同時だった。

「さて、今日も頑張ろうか」

「ああ、そうだな」

ヨモギと千牧は、お互いに顔を見合わせて気合を入れ直す。

するとその時、『待った』とパソコンの方から声が掛かった。

「どうしたの、テラ」

ヨモギは慌ててパソコンの前までやって来て、モニターに映ったペンギンに話しかける。

マスコットキャラクター風の装いをした電霊のテラは、何やら難しい顔をしている。

『この雑誌、入荷しているかい？』

テラは、インターネットのブラウザを勝手に立ち上げ、本の情報が掲載されているページを映し出した。

「ううん。残念ながら、うちには入って来なかったみたい。なんか、コラボグッズがついてくるんだっけ？」

雑誌の表紙には、キラキラした二次元の美男子達が描かれている。

どうやらそれは人気のゲームのキャラクターらしく、その雑誌の付録がコラボレーションしたグッズであるということぐらいしか、ヨモギは知らなかった。

『そうか。それならよかった……』

テラは胸を撫で下ろす。

「ど、どうして？　うちには寧ろ、入って欲しかったと思うんだけど。待っているお客さんもいそうだし」

『このゲームのコラボグッズを欲しがっているお客さんは待たないよ。攻めるんだ』

「攻めるって、どういうこと？」

予想外の単語に、ヨモギと千牧は目を丸くした。

だが、テラはいつもの飄々(ひょうひょう)とした様子からは想像出来ないほど深刻な表情で、ぽつぽつと語り出した。

『このゲーム、凄(すご)く人気なんだ。主に若い女性にウケているみたいでね。サブカルが好きな女性がよく集まる池袋(いけぶくろ)では一時期、コラボレーションイベントが毎日のように開催されていたんだ』

「毎日のように……」

ヨモギと千牧は息を呑(の)む。

『だから、この雑誌も発売前から大人気でね。フリマサイトやアプリでは高額転売品が出回り、ＳＮＳでは購入代行の依頼が殺到する始末さ』

テラがフリマサイトの一部を見せてくれたが、発売前だというのに既に出品されていて、しかも定価の何倍もの価格設定だった。

「これはひどい……」

ヨモギも千牧も、思わず一歩引いてしまった。

「これ、朝早く開店したところで購入したものを転売しているんじゃなくて、出品が数日前なんだね……」

それこそ、書店にすら入荷していないタイミングだ。

『関係者が横流ししているとか、現物がないのに出品しているとか、胡散臭い話が絶えないのさ。こういう取引は個人情報のやり取りもするし、実は裏組織が関わっていて、人気商品を利用して個人情報を抜き取っているなんていう噂もある』

テラは翼で器用に腕組みをする。

「これって、せどりってやつだよな。今の時代だと、こうも大々的に出来るのか」

千牧は歯を見せながら、唸るように言った。

『そうそう。組織的に転売を行っている場合もあるから、人気商品の在庫がごっそり抜かれることがある。そうすると、普通に買おうとしている人のもとに行かないのさ』

そういう連中に限って、古物商許可を取っていなかったり、確定申告をせず税金も納めていなかったりするという話だとテラは言った。

「普通に買いに来てくれた人が可哀想過ぎるし、ひどい話だね……」

ヨモギも渋面を作る。

『だから、小売店は個数制限をかけたり、個人情報が確認出来ない相手には販売しなかったりと、対策をしているのさ。本屋さんだと、コラボ付録がある雑誌や人気コミックが対象だね』

「あっ、そう言えば」

ヨモギは思い出す。最近、爆発的に人気になった漫画があった。

稲荷書店には、たまにシリーズが各一冊入って来るか入って来ないかという感じだったが、入荷すればすぐに売り切れていた。

「三谷お兄さんが、ぐったりしながらその漫画の名前を呟いてた気がする……」

売り上げが上がるのは有り難いけど、お問い合わせの対応が大変だとぼやいていたのだ。

「入荷量に対してお客さんの需要が高過ぎて、ほぼその漫画のお問い合わせばかり受けていた時があったとか……」

百単位で入荷しても、すぐに売り切れてしまう。一度売り切れると入荷まで間が空いてしまうので、その間、その商品を求めるお客さんには在庫切れだと説明しなくてはいけない。

「そんなに売れるなら、どんどん刷ればいいのにな」

千牧は納得がいかないと言わんばかりだ。沢山刷れば、欲しがっている人達の手にも渡るし、高額な転売品は売れなくなる。

「でも、本は何もないところから生まれないからね。原料の紙を用意しなきゃいけないし、印刷所のラインも確保しないといけないから……」

ヨモギに言われて、「あっ、そうか」と千牧はしょんぼりする。

『その点、電子書籍は強いんだけどね。データでやり取りが出来て、在庫は関係ないから。でも、みんな物理的に持っていたいんだろうなぁ』

そう言ったテラは、少し寂しそうだった。それは、彼がデータの世界の住民だからだろう。

「まだまだ、紙の本は必要とされているんだね」

紙の本を売っている書店として、ヨモギは少しだけ勇気づけられた。

だからこそ、紙の本を悪用しようとしている連中から紙の本を守らなくてはという使命感も強くなった。

『要注意な本は、ボクが事前に教えるよ。戦争が起きてもいけないだろうし』

「戦争」

ヨモギと千牧は、目を丸くする。

『家電量販店では人気のゲーム機を求めるお客さんが殺到して、お店の一部が壊れたっていう話も聞くし』

「それはやばい」

稲荷書店の一部が壊されようものならば、ヨモギはショックで気を失ってしまいそうだ。

そこには、お爺さんが亡き妻であるお婆(ばあ)さんと積み上げて来た思い出が詰まっているのに。

『それは過激な例だけど、混乱は避けた方がいいからね。まあ、純粋なファンの人達は、マナーを守って推し活をしている人が大半だけど』

「推し活って?」

ヨモギと千牧は、ほぼ同時に首を傾げてみせた。

『最近は、自分が好きなキャラクターやアイドルとかを、推しと呼ぶ傾向があってね。そんな推しのグッズを手に入れたり、ライブに行ったり、とにかく、推しに関する活動をすることを推し活っていうんだ』

「テラは物知りだね……」

ヨモギはすっかり感心していた。

『ふたりが知らない世界のことを、ちょっと知ってるだけだよ。逆に、ふたりが知っててボクが知らないことなんていっぱいあるのさ』

テラは器用にウインクをしてみせる。

「世の中、まだまだ学ぶことがいっぱいだね……」

「ヨモギ、おっさんみたいな顔になってるぞ」

しみじみと感じ入るヨモギに、千牧がツッコミを入れる。

そうこうしているうちに開店時間になり、ふたりは慌ててお客さんを迎える準備をしたのであった。

その日の稲荷書店は平和そのもので、近所からのお客さんがちらほらとやって来て、それなりに本を買ってくれた。

平日なので、近くの会社に勤めていると思しき人が多い。最近では休日になると、稲荷書店を紹介している動画を見たというお客さんが来るようになった。

「少しずつ、お客さんが増えてる感じだな」

数日前に買ったシリーズ小説の続きを購入したお客さんの背中を見送った後、千牧は目をキラキラさせながら言った。

「そうだね。売り上げも少しずつ伸びてるし。そろそろ、スタンプカードもやり始めたいな」

「ああ。一度来たお客さんが、次も来てくれるようにな」

ヨモギと千牧は頷き合う。

そこに、第三者の声が掛かった。

「面白そうな話をしているね。また、本屋さんを盛り上げる秘策を思いついたの？」

「兎内（とうち）さん！」

夕焼け空を背にやって来たのは、近所の会社に勤めている兎内さんだ。彼女の背後では、携帯端末を弄（いじ）っている女性もいる。

「ああ、彼女は同僚。鷹野（たかの）っていうの」

「どうも」

鷹野さんは、ぺこりと頭だけ下げる。だが、視線は携帯端末に釘付（くぎづ）けだ。

長い髪を一本にまとめ、シンプルなパンツスタイルである。兎内さんもシンプルコーデだが、こざっぱりした印象があった。しかしこの鷹野さんは、何やら全神経が別の場所に注がれている気がする。

主に、携帯端末に。

ヨモギが不思議そうに見ていたのを察したのか、兎内さんは「ごめんね」と苦笑した。

「今、取込み中みたいで」

「ああ。ＳＮＳとかですか？」

「ううん。ソーシャルゲーム」

「ソーシャルゲーム」

ヨモギと千牧は、聞き慣れない単語に目を瞬(まばた)かせる。

「彼女がやってるスマホのアプリゲームのこと。なんでも、秋葉原(あきはばら)で期間限定のコラボグッズが売ってるっていうから」

「ああ、それで」

たまたま帰り道が一緒になったのかな、とヨモギは察する。

何せ鷹野さんは、携帯端末に齧(かじ)りついて稲荷書店を一瞥(いちべつ)もしない。きっと、本にはあまり興味がないのだろう。

「スマホばかり見てると危ないよ。それにほら、欲しかった雑誌、今日発売だったんでしよ？」

兎内さんは、呆れ顔で鷹野さんに言う。

「それはもう、出勤前に買った。出勤前に開店する本屋さんの開店一時間前に並んで、ね」

鷹野さんは、手にしたバッグを掲げてみせる。雑誌一冊入るくらいのバッグは、パンパンになっていた。

「早い！　それじゃあ、秋葉原で売ってるっていうグッズも……」

「今日は販売二日目。推しのグッズは初日で買ったから、今日は買い足しね」

「へ、へぇ……」

兎内さんは、やや引き気味に鷹野さんの話を聞いていた。

「それにしても、よくそんなにお金があるね。うちの会社、こう言っちゃなんだけど、薄給な方では……？」

「そんなの、ランチ代を削ったり、服はフリマアプリで古着を買ったりして工面しているに決まってるでしょ」

「ごはん代は削らない方がいい。死活問題だから」

空腹のあまり稲荷書店で倒れていた兎内さんは、真顔で鷹野さんに迫る。だが、鷹野さんの視線は携帯端末に向いたままだ。

「でも、推し活を控えたら私も死ぬし」

「ううん……。物質的な死か、精神の死か……」

兎内さんは頭を抱える。だが、すぐに、「あ、いやいや」と頭（かぶり）を振った。

「そんなことより、私は稲荷書店に用があったの」

「何かお探しですか？」

見上げて尋ねるヨモギに、兎内さんは神妙な面持ちをした。

「一人暮らしの寂しい食卓に合う本ってないかと思って」

「えっ、それはインテリア的な意味で……？」

「ううん。一人でご飯を食べている時に思い出して、幸せな気分になれそうな本かな……」

兎内さんは、遠い目で言った。

「うーん。それならば、こういう小説はどうでしょう？」

ヨモギは、最近発売した新刊を手に取った。

一人暮らしの女性のもとに、いきなり若い男子が転がり込んでくる話だった。生活力がない主人公に対して、その青年は家事全般が得意で、食材さえ買っておけば美味（おい）しいご飯を作ってくれるのだという。だけど、その青年は自分のことを語ろうとしない。一緒に暮らしているうちに、彼の秘密が明らかになって……という恋愛小説だった。

本に書かれたあらすじを見た兎内さんは、「これだ！」と叫んだ。

「表紙に描かれた男の子も、爽(さわ)やかな優男で好みだしね。一人ごはんのおともにしようっと」

兎内さんは、少し寂しそうに微笑みながらその本を購入する。その寂しさが、少しでも紛れるようにとヨモギは切に願う。

千牧が本を丁寧に紙袋に包み、兎内さんに手渡した時、「あーっ！」という悲鳴があがった。

鷹野さんだ。

一体何があったのかと、一同は彼女の方を見やる。

だが、彼女は携帯端末を手にして硬直しているだけだった。

「ど、どうしたの？」

兎内さんが尋ねる。すると、鷹野さんは目を限界まで見開き、兎内さんに携帯端末の画面を見せた。

「見て！　さっき必死に貯めた石でガチャを回したら、推しの私服姿が出た！」

「ああ、いいものを引き当てたのね」

おめでとう、と拍手をしようとする兎内さんだったが、その顔面に鷹野さんの携帯端末が押し付けられる。

「ほら、見て！　やばくない？　ステージの上ではあんなに凜々しいのに、私服だとこんな無防備な顔をするとか！」

「見えない！　ゼロ距離！」

顔面で携帯端末を受け止めながら、兎内さんは叫んだ。

鷹野さんのはしゃぎっぷりを見て、すっかり置いて行かれているヨモギと千牧はこっそりとテラがいるパソコンへと歩み寄った。

「あのさ、テラ。鷹野さんは何で盛り上がってるの？」

「話の流れ的に、今日出た雑誌のコラボになってたやつだよな？」

ふたりに問われたテラは、インターネットのブラウザを立ち上げてゲームの公式サイトを表示する。

『アイドル育成を目的としたリズムゲームみたいだね。総勢一〇八人のイケメンアイドルが登場し、プレイヤーはプロデューサーになって彼らを育てるっていう内容の』

「一〇八人って、煩悩の数じゃないか……」

ヨモギは頭を抱える。

「お、俺には見た目の区別がつかないぞ。こいつらの匂いは分からないのか、匂いは」

千牧はキャラクター一覧を前にして、鼻を押し付けようとする。

『残念ながら、匂いは分かんないな。各キャラをイメージしたフレグランスは販売しているようだけど』

「それだ！」

目を輝かせる千牧であったが、『高いよ』とテラは新しいウィンドウを立ち上げてフレグランスの通販サイトを表示する。そこに書いてあった予想外の値段に、千牧は「キャイン！」と甲高い悲鳴をあげた。

『元々はそんなにキャラクターが多くなかったみたいだけど、ある時期を境に爆発的に人気になって、そこに新キャラを登場させ続けた結果、今の数になったみたいだね』

動揺するふたりの前で、テラは冷静にそう言った。

「ヒビヤ君のこと話してる⁉」

ヨモギ達のもとに、鷹野さんが大股（おおまた）ですっ飛んで来た。

先ほどまで、携帯端末を見て動かざること山の如（ごと）しだった彼女からは、想像がつかないほどの俊敏さだ。

「いや、何というか……。どんなゲームをやっていたのか気になりまして……」

ヨモギは気圧（けお）されながらも応じた。

どうやら、彼女の推しはヒビヤ君というらしい。公式サイトの紹介によると、ゲームリリース当初からいた古株のキャラクターだという。

「というか、ゲームの方はいいのか？」

千牧もまた、圧倒されるように半歩下がりながらも問う。だが、「大丈夫！」と鷹野さんは目を輝かせながら言った。

「さっきスタミナを使い切ったから、スタミナが満タンになるまで放置ね。それより、ヒビヤ君とこのゲームについて教えてあげる。あれは五年前、事前登録を呼びかけるプロモーション動画から始まったの。画面の向こうで生き生きと歌う彼らを見て私は動悸息切れが収まらなく……」

「やばいやばい」

息継ぎもせずに語り出す鷹野さんに、兎内さんは早速ツッコミを入れる。その後も、「もうこのゲームは人生だと思う」とか「推しが尊過ぎて常に過呼吸」とか、迷言を次々と繰り出していた。

ヒビヤ君というのは、アイドルグループのリーダー格の男子を陰で支える参謀役なのだという。

リーダー格の男子は天真爛漫でカリスマ性があるが、繊細で落ち込みやすい一面も持っている。そんな彼をフォローするのが、沈着冷静なヒビヤ君の役目だそうだ。

リリース当初からいるファンの中では、その関係性が「エモい」らしい。二人の関係性を推す人もいれば、鷹野さんのようにヒビヤ君だけ推す人もいるという。もちろん、リーダー格の男子だけ推す人も。

「推し方はそれぞれよね。みんなちがって、みんないい」

しみじみと語る彼女に、「金子みすゞさんの詩だ……」としかヨモギは言えなかった。

結局、兎内さんが強制的に終わらせるまで、鷹野さんの推しの話は続いた。最終的に兎内さんは、語り足りないという鷹野さんを引きずって秋葉原へと向かった。

「なんか、凄かったな……」

千牧は珍しく、疲れた表情で彼女達を見送っていた。

「兎内さんの同僚って、濃い人達ばっかりだね……」

霊感を持っている鶴見さんも、なかなかに濃かった。悪い人ではないのだが、ヨモギ達の正体を見破るのも時間の問題だったし、出来るだけ彼女には再会したくない。

「でも、楽しそうだった」

目を爛々と輝かせて推しのことを語る鷹野さんは、生き生きしていた。怪現象について語る鶴見さんもそうだった。彼女達は、好きなことに本気で打ち込んでいるのだということが伝わってくる。

「推し活かぁ。人生を豊かにするみたいだし、気になるなぁ」

「まさか、ヨモギ。お前も推し活を……!?」

「まさか！　推し活自体は気になるけど、相手がいないよ！」

ヨモギは、ぎょっとして目を剝いた。

「だよな。小説を読んでもテレビを見ても、あんまりキャラクターや芸能人のことを語らないしな」

「確かに……。本はストーリーを読むって感じだから、キャラクターに熱を入れることはないかな。芸能人やアイドルにも、そこまでハマらないかも……」

「テレビも番組自体を楽しんでるもんな」

「それ」

ヨモギは深々と頷く。

きっと、ヨモギはコンテンツそのものを楽しむタイプなのだろう。だが、その惹かれ方もまた個性だと、鷹野さんは言ってくれそうだった。

「ヨモギは寧ろ、じいさんが推しでは……？」

「大事な人だとは思ってるけど、そういう目で見たことはないからね⁉」

お爺さんのグッズがあっても、どうしたらいいものか分からない。お爺さんは、本人が元気なのが一番だ。

稲荷書店がある神田は秋葉原と近い。今頃、鷹野さんは兎内さんからツッコミを入れられつつも、楽しい推し活をしているのだろうか。

そう思うと、ヨモギは自然と表情が綻んだのであった。

それから数日後の日曜日。

ヨモギと千牧は、お爺さんに頼まれた買い物の帰り道で、万世橋の辺りを歩いていた。

万世橋の袂には、明治時代からある高架を利用した、煉瓦造りの商業施設がある。レトロな雰囲気を醸し出すその奥には、背の高いビルが林立する秋葉原があった。

休日の秋葉原は観光客でごった返しているが、万世橋のこちら側である神田は落ち着いている。オフィスが多いため、休日は人通りが減るのだ。

「橋一つ渡ると別世界なの、彼岸と此岸だよなぁ」

エコバッグを肩に掛けつつ、千牧はぼんやりと言った。

「秋葉原を彼岸扱い⁉」

ヨモギはぎょっとして声をあげた。

「いや、ものの喩えだって」

「まあ、言いたいことは分かるけど。でも確かに、一部の人にとって秋葉原は極楽だから、ある意味彼岸……？」

秋葉原は、サブカルチャーが好きな人にはたまらない街だ。

かつては電気街が有名だったが、今や、アニメやゲームなどのオタクが集う街として進化を遂げている。

テラと出会ったのも、そんな独特の文化を持つ秋葉原であった。

「でも、あっちに用があるやつはあんまり神田に来ないだろうし、秋葉原を活動拠点にしてるやつにとって、こっち側は彼岸なのかもな」

千牧が言うように、煉瓦造りの商業施設にいる観光客は、サブカルチャー好きな人達とは少し客層が違う。神田川を望めるデッキがあったり、オシャレなお店が多いせいか、カップルが目立つ。

「だけど、神保町にはサブカルチャーに強い大型書店もあるし、まったく縁がないわけでもないよね。神田に勤めているサブカルチャー好きもいるし」

「鷹野さんだっけ」

千牧は鼻をピクピクさせる。匂いを思い出そうとしているらしい。

「そうそう。すごくパワフルな人だったよね。普段は省エネしているのかな、あんな風に」

ヨモギは、万世橋の真ん中でぼんやりと佇んでいる人影を見やる。

それは、街の中に溶け込んでしまいそうなほど控えめな服装の女性で――。

「鷹野さん本人だ⁉」

「なんか、様子がおかしくないか⁉」

千牧の言うとおり、鷹野さんは橋の欄干から身を乗り出そうとしているように見えた。今にも神田川に落ちてしまいそうだ。

「待って、鷹野さん！」

「そうだぞ！　早まるな！」

ヨモギと千牧は、とっさに彼女のもとへと走り出した。

ヨモギは彼女の服を掴んで引っ張り、千牧は彼女を羽交い締めにする。

「ひえっ！　な、何⁉」

「鷹野さん、神田川に飛び込むなんて駄目です！」

「そうだぞ！　ずぶ濡れになると身体が重くなるぞ！」

かつて神田川に飛び込んだことのある千牧は、妙にリアルな実体験を持ち出して鷹野さんを思いとどまらせようとする。

だが、鷹野さんは、「何のこと⁉」と目を白黒させるだけだった。

「あれ？　入水自殺をしようとしていたんじゃあ……」

ヨモギは、恐る恐る手を放す。「しないってば！」と鷹野さんは悲鳴じみた声をあげた。

それを聞いた千牧もまた、慌てて手を放し、申し訳なさそうに縮こまる。

「ごめんな。今にも飛び込みそうだったから……」

「私はただ、時の流れは川のように無常なものなんだな、と思っていただけです」

「自殺じゃなくて哲学だった……」

ヨモギと千牧は息を呑む。

だが、鷹野さんの顔色は優れなかった。元々日焼けしていなかった顔は、更に白く見えた。

「……何か、あったんですか？」

ヨモギは、遠慮がちに尋ねた。

「色々、ね。でも、初対面の人に話すことじゃあ……」

「ぼ、僕達、初対面じゃないです……！」

「えっ？」

鷹野さんは、ヨモギと千牧を何度も見比べ、首を傾げて唸り出した。

「言われてみれば、何処(どこ)かで見たことがあるような……」

「稲荷書店きつね堂の書店員だぜ」

千牧は誇らしげに胸を張る。だが、鷹野さんはピンと来ていないようだ。

「その、兎内さんと一緒に秋葉原に行く時に寄った本屋さんにいました……」

「ああ！　思い出した！　確か、ヒビヤ君について語った――」

ヒビヤ君の名前を出した瞬間、鷹野さんの表情が曇る。

どうしたのかと思って見ているヨモギと千牧の前で、鷹野さんは両目に涙をにじませた。

「えっ」

「ど、どうしたんだよ」

ヨモギと千牧が動揺する中、鷹野さんは膝から頽れた。

「聞いてよ。ヒビヤ君が、ヒビヤ君が……」

彼女はそのまま、さめざめと泣き始めてしまう。

通行人はぎょっとした顔で通り過ぎ、商業施設のデッキで逢引をしていたカップルは心配そうな視線を寄こしてきた。

「ちょ、これはなんか、あらぬ誤解を受けそうな気がする……！」

「と、とにかく、この場から離れようぜ！」

ヨモギと千牧は、慌ててその場から退散する。もちろん、洟を啜り始めた鷹野さんを連れて。

やって来たのは、すぐそばにあった商業施設内のカフェだった。

かつて万世橋駅のホームがあった場所を利用して作られたカフェは、見事なまでのガラス張りであり、今も走っている列車を間近で眺めることが出来た。

行き交う車両には目もくれず、鷹野さんは山手線色のスカッシュを一気飲みして、深い溜息を吐いた。

「ごめんなさい。取り乱しちゃって……」

「いえ、なにかのっぴきならない事情があるんじゃないかと……」

幾分か落ち着いた鷹野さんに、ヨモギは言った。

「ヒビヤってやつ、どうしたんだ？　もしかして、死んじまったのか……？」

千牧は声を抑えながらも尋ねる。「えっ、まさか」と、ヨモギは目を丸くした。

「だってあれは、アイドルを育成するゲームだよね？　キャラクターの生死にかかわる話もあるの……？」

現実の人間には、思わぬ不幸があるかもしれない。

だが、彼らは架空の人間だ。彼らの物語の紡ぎ手が、意図的にもたらさない限りは、彼らが不幸に見舞われることはない。

そして、彼らの物語のコンセプトは、アイドルを育成することだ。物語の紡ぎ手は、不用意にキャラクターの芽を摘むことはないだろうとヨモギは思っていた。

やはり鷹野さんも、「違う」と言った。

だが、「やっぱりそうかも」とも言い直した。

「い、一体何が……」

「実は、ゲームがサービス終了になるんだって」

「サービス終了……？」

どういうこと、と言わんばかりのヨモギと千牧に、鷹野さんはぽつりぽつりと呟くように教えてくれた。

基本的に、アプリゲームはサービスの提供があって成り立っている。据え置きのゲームであれば、ソフトを買えば基本的なゲームはずっと楽しめるが、アプリゲームはそうでない。サービス終了となれば、永遠に遊ぶことが出来ないのである。

「えっ、それじゃあ、ヒビヤ君に会えなくなるってことですか？」

ヨモギの言葉に、鷹野さんは項垂(うなだ)れるように頷いた。

「制作会社の方で、大きな不祥事があって……。多分、その煽(あお)りだと思う。かつてほどの人気がなくなっているとはいえ、こんなことって……」

鷹野さんはそう言って、再び洟を啜った。

「ヒビヤ君の新しい衣装が出る度に、天井まで課金をし続けていたんだけどね。ご飯も控えめにして、服もリサイクル品で我慢して、家も家賃が安いところにして、全力で推していたのに……」

月に十万円以上課金することもあったという。鷹野さんのお給料はそれほどではないとのことで、日常生活もかなりの制約を強いられていたが、それでも、推し活をしている時は幸せだったそうだ。

実際に、それを語っている彼女の目は輝いていたし、生命力が戻っていた。

だが、現実に引き戻されると、彼女からは途端に生命力が失われる。

「グッズではいつでもヒビヤ君に会えるけど、それは偶像だからね。やっぱり、本物に会えないのは寂しいし、私はこれから何を生き甲斐にすればいいのか……」

彼女は、抜け殻にでもなってしまったかのように溜息を吐く。

ヨモギは何とかしてやりたいと思っていた。それは千牧も同じだったようで、いい案がないかと言わんばかりの視線を寄こしてくる。

しかし、ヨモギにどうすることも出来なかった。

ゲームのサービス終了は、恐らく覆せないことなのだろう。それに、ヨモギと千牧の力を以てしてもどうにもならない。

どうやら彼女の話を聞くことくらいしか出来ないようだ。

ヨモギと千牧は、鷹野さんの気が済むまで話を聞いてやり、最終的には山手線の神田駅まで見送ってあげたのであった。

翌日、ヨモギは稲荷書店の本棚の前で腕組みをして唸っていた。

「どうしたんだ、ヨモギ」

棚整理をしながら、千牧が問う。

「鷹野さんのことなんだけどさ」

「ああ。可哀想だったよなぁ。梅干しみたいに萎んじゃってさ」

「その喩えはどうかと思うけど……、まあ、確かに」

梅干しというのは言い得て妙だ。しょんぼりした鷹野さんからは、張りやツヤがすっかり抜けていた。梅干しはそれがいいのかもしれないけれど、人間はやっぱり、張りとツヤがあった方がいい。

「どうにかしてあげられないかなって思って」

「それは俺も思うんだけど、サービスを提供している会社にカチコミに行くくらいしか思い浮かばないんだよな」

「脅迫は犯罪だからね……」

殴り込みに行く千牧を想像して、ヨモギは震える。

「分かってるって。だから困ってるんだよ」

「それに、殴り込みに行ってどうにかなるような問題じゃなさそうだし……」

テラに調べて貰ったが、どうやら件(くだん)のコンテンツは、かなり厄介な問題に巻き込まれてしまったらしい。ネットではあらゆる憶測が飛び交い、様々な悪意を浴び、ファンの阿鼻(あび)叫喚(きょうかん)があちらこちらで聞こえてくるという有り様だった。

『ネットの憶測は、事実無根であることが多いけどね。でも、一度決定したことを覆すのは難しいよ。その決定の裏にも色んな事情があって、批判は覚悟の上だったんだろうし』

パソコンからはテラの声が聞こえる。画面を見てみると、彼もまた難しそうな顔をしていた。

「じゃあ、ヒビヤ君っていうやつに会えなくなるのは止められないことなんだな」

『残念ながらね』

テラの話を聞いた千牧は、しょんぼりしてしまう。犬の姿であったのなら、耳を伏せていたところだろう。

「関連書籍を探してみようかと思ったんだけど、鷹野さんはグッズを偶像だって言ってたしね。やっぱり、ゲームの彼が本人だと認識しているんだろうなぁ」

打つ手なしということか。

ヨモギは深々と溜息を吐く。

推し活が生き甲斐だった人は、推し活が出来なくなったらどうなるのだろうか。生き甲斐を奪われてしまった人は、無気力になってしまう。無気力になった人に待っているものは、緩やかなる終わりだ。

そこまで想像して、ヨモギは首を横に振った。

「だめだめ。そんな未来は迎えさせない」

千牧は、ヨモギの推しはお爺さんなのではないかと言っていた。だから、つい、お爺さんとヒビヤ君を重ねてしまった。

もし、お爺さんに会えなくなったら、自分はどうなってしまうだろう。一時的に会えなくなるのならば、我慢は出来る。でも、それが永遠だったら。

そう考えると、涙が自然と込み上げて来た。昨日の鷹野さんの尋常ならざる様子も、納得がいった。

「ヨモギ、大丈夫か？」

千牧に心配そうに顔を覗き込まれ、ヨモギはハッと我に返る。

「だ、大丈夫。ちょっと、鷹野さんの気持ちになったら涙が出て来ただけ……」

「だよなぁ。俺も、生き甲斐がなくなったら泣けちまうよ」

千牧は、ヨモギの背中をポンポンと優しく叩いてくれる。

「千牧君の生き甲斐って？」

「俺は推しとか分かんないけど、散歩かな。散歩に行っちゃ駄目って言われたら、なんでそんなひどいこと言えるんだって泣いちまうかも……」

律義に想像してしまったようで、千牧の語気が弱くなる。ヨモギはお返しと言わんばかりに、千牧の背中を撫でてやった。

その時である。ヨモギの目に、飛び込んで来た本があった。

「これ……」

ヨモギは思わず、平積みになったその本を手に取る。

見目麗しい青年が表紙に描かれた、小説であった。

「ああ。その小説、人気みたいだよな。帯にもそう書いてあるし、若い女の人がよく買っていくんだ」

「だよね。僕も記憶にある……」

ヨモギも何回か、若い女性客にその本を売った覚えがあった。

どうやら、それなりに巻数を重ねているようで、ヨモギが手に取ったのは最新刊だった。シリーズの途中の巻が多少抜けているが、一巻はちゃんと棚差しになっている。

「表紙に描かれた主人公、雰囲気がどことなくヒビヤ君に似てる気がする」

「そうかぁ？　違うようにも見えるし、同じにも見えるし……」

千牧はすんすんと鼻を鳴らす。だが、本の匂いしか感じなかったようで、首を傾げたままだった。

「テラはどう思う？」

ヨモギは、テラにその小説のタイトルを教える。すると、テラは直ぐに検索して、『成程』と声をあげた。

『似ているという認識は間違っていないんじゃないかな。その小説の装画を担当したイラストレーターは、ヒビヤ君が登場しているゲームのキャラクターデザインをしているからね』

「ああ、それで！」

ヨモギが似ていると感じ取ったのは、イラストから溢れるイラストレーターの個性だったのだ。

小説のあらすじを見てみると、どうやら、探偵ものらしい。アイドル育成ではなく、ミステリーだった。

「あの……」

声をかけられたヨモギは、ハッとして振り返る。

「い、いらっしゃいませ！」

慌てて本を戻して接客に戻ろうとしたが、お客さんの顔を見て、一連の動作が止まった。

「鷹野さん」

そう。店先に立っていたのは、申し訳なさそうな顔をした鷹野さんだった。

彼女は紙袋を手にして、姿勢を低くしながら入って来る。

「昨日は、ごめんなさい。お二人には迷惑を掛けてしまって……。その、せめてものお詫(わ)びにと思って……」

彼女は、紙袋をそっとヨモギに手渡した。中に入っていたのは、菓子折りだった。

「いえいえ！　全然迷惑じゃなかったです！　こんなご丁寧にして頂いて、寧ろ申し訳ないっていうか……」

ヨモギは彼女に菓子折りを返そうとするが、彼女は手のひらで制止した。

「貰って欲しいの。話を聞いて貰えて、少し楽になったから」

そう言って、鷹野さんは微笑む。しかし、その笑みは何処となく儚げで、このまま何処かへと消えてしまいそうだった。

気付いた時には、ヨモギは先ほどの本をむんずと掴み、鷹野さんに差し出していた。

「あの、気晴らしにどうですか？　別の物語に触れることで、気が紛れるかもしれません し」

「これ、小説？　あんまり小説は読まなくて……」

鷹野さんは困惑気味に本を受け取る。小説は、学生時代に課題図書を読まされたのが最後だという。

「いや、待って」

カバーイラストを眺めた彼女の眼光が鋭くなる。彼女は狩人のような鋭利な眼差しで、イラストレーター名をチェックした。

「やっぱり。あのゲームのイラストレーターさんだ……！　キャラクターの目の描き方が独特なのよね。この、キャラクターの深さを表現するかのような、奥行きがある瞳がいいのよ。うーん、この表紙のキャラクター、なんか私の性癖に刺さる気がする」

「えっ。鷹野さんが持っている癖に何か……」

「ううん。なんかこう、嗜好に一致するっていうか、ぐっと来るっていうか、そんな感じ」

どうやら、彼女が用いた性癖という言葉は、本来の意味とは異なった使い方をされているらしい。

「気になるなぁ。でも、金欠だし……」

そう言って、彼女は価格をチェックする。だが、次の瞬間、目を零(こぼ)れんばかりに見開いた。

「は？　数百円とか安っ！　小さいアクスタよりも安くない⁉　本ってこんなに安かったっけ」

幻覚かも、と言いながら、彼女は何度も価格を確認する。だが、現実のものだった。

因(ちな)みに、アクスタというのは、アクリル製のスタンド付きマスコットのことを指しているという。アクリル製なので頑丈だし、台座とマスコットは分離するので収納も楽という人気グッズなのだ。

「買う」

そう言った彼女の目は、据わっていた。

狩人のような顔つきに、ヨモギは慄(おのの)き、千牧は目を輝かせる。

「このイラストレーターさんの絵も好きだからね。その絵をこの金額で買えるなら安いくらいだし」

「そ、それならよかった」

仮に小説を読まなくてもコストパフォーマンスがいいと判断してくれたらしい。出来れば小説も読んで貰えるといいな、と思いつつ、ヨモギは本を包んだのであった。

鷹野さんはどうなっただろう。

ヨモギは彼女の身を案じながら夜を過ごし、翌朝もその気持ちを引きずっていた。

「鷹野さんなら、目の輝きが戻ったから大丈夫じゃないか？」

何度目か分からない溜息を吐いたヨモギに、千牧は言った。

「そうかな。イラストは気に入ったみたいだったけど、それで鷹野さんの心の隙間が埋められるか……」

「まあ、そう言われると心配になるな。本能的なものは呼び起こされたみたいだけど」

「本能？」

予想をしていなかった単語に、ヨモギは首を傾げる。

「最初に来た時も思ったんだけど、目つきが狩人なんだ。獲物を地の果てまで追いかけるっていう顔しててさ。俺はそういうの見ると、ワクワクしちゃうけど」

「犬は昔、人間と狩猟生活をしてたっていうしね」

狩猟本能のようなものが刺激されるのだろう。

千牧は、今でこそ概念的存在の犬神だが、元々は普通の犬だったので、その時の名残があるのだ。

「推しに対して、それだけ執着があったってことかな」

「そう思うと、推し活ってやつは奥深いよな……」

尚（なお）のこと、本人から切り離し難いものだと実感する。そんなふたりのもとに、お客さんがやって来た。

「いらっしゃいま……あっ、鷹野さん」

ランチタイムの街を照らす日差しを背負いつつ、入り口には鷹野さんが立っていた。

ヨモギが迎えるなり、彼女はヨモギに突進した。

「聞いてよ！」

「ぐえっ！」

突然のラリアット、と思ったら、ハグだったらしい。彼女はヨモギを抱きしめたかと思うと、興奮気味に肩を鷲掴（わしづか）みにした。

「昨日の小説、めっっっちゃエモかった！」

「え、エモい……？」

突然の感想に、ヨモギは目をぱちくりさせる。

『エモーショナルという意味を含んだスラングだね。主に感動した時に使うようだ』

テラの声がパソコンから聞こえた。鷹野さんは、「あれ、他にも誰かいるの？」と辺りを見回すが、「え、ＡＩです！」とヨモギは誤魔化す。

「そんなことより、小説読んでくれたんですか？」

「一気読みよ、一気読み！　っていうか、ここのところ本自体は読んでないけど、テキストは読んでたから、割とスラスラ読めてね」

彼女の言うテキストとは、ゲーム内の文章のことらしい。ゲームにはちゃんとシナリオがあって文章がそれなりに多かったので、物語を読む力は養われていたのだ。

「小説の主人公の月島（つきしま）君、いつもはクールに推理をするんだけど、助手の新橋（しんばし）君といる時だけデレてくれるの！　誰にも言わない弱音なんかも吐いちゃって、もう、尊過ぎて！」

「尊い？」

「思わず拝みたくなるってことよ！　いやもう、大変良いものを見せて貰いました……」

彼女はヨモギをパッと放し、唐突に土下座をしてみせる。ヨモギは慌てて彼女の顔を上げさせた。

「そ、そこまで気に入って頂けて何よりです……。続刊もあるので、よろしかったらどうぞ……」

抜けていた巻は、今朝入荷してさっそく補充しておいた。今なら、最新刊も合わせて全巻揃っている。

「それじゃあ、全部買うわ」

「全部⁉」

しかも、即答である。

「だ、大丈夫なのか？　金欠なんだろ？」

千牧もこれには驚いたようで、心配そうに鷹野さんの周りをグルグル回る。だが、鷹野さんの表情は晴れやかであった。

「大丈夫。このシリーズでごはん三杯いけるから」

暗に食事は白米のみで過ごすと宣言した彼女の目に、曇りはなかった。曇天のようだった昨日とは違い、蒼天（そうてん）そのものであった。

「そ、それは何より……」

ヨモギはそうとしか返せなかった。

だが、彼女の言葉には続きがあった。

「ヒビヤ君が出てくるゲームは、もう課金が出来ないしね。その分は生活に余裕が出来ちゃうから、心配しないで」

「そう……ですね」

鷹野さんは、困ったように微笑んでいた。

彼女はまだ、喪失から立ち直れていない。だが、前を向いて新しい道を歩もうと必死なのだろう。

ヨモギは、そんな彼女が歩む手伝いをしたかった。

「それにしても、最新刊が出たばっかりなんだね。次はいつ出るの？　たぶんこれ、一週間もかからずに読み終わると思うけど」

「えっと、その作家さんは筆が早いので、四カ月周期で新刊が出てますね」

ヨモギは、出版社のサイトを見ながらそう答えた。勿論(もちろん)、次の新刊の発売がずれる可能性もあるという旨も伝える。

だが、鷹野さんは固まっていた。

「次のシナリオが出るまで四カ月⁉　遅くない⁉」

「遅くないですよ！　寧ろ、かなり早い方です！　紙媒体だから、作るのに時間がかかるんですよ……！」

「ぐぬぬ……。それなら仕方ない。終わっても手元に置いて何度でも見られるのが、本のいいところだし。あとまあ、イベントのシナリオよりも、本一冊の方が情報量多いしね」

そう、アプリゲームにはアプリゲームのよいところが、本には本のよいところがある。

「ソシャゲ自体は、多分やめないと思う。あのゲームが終わっても、掛け持ちしている別のゲームもあるし、会社のことを忘れて頭をオフにしながらゲームをしたい時もあるしね。でも――」

「でも？」

お会計を終わらせて、鷹野さんは袋に入った小説をぎゅっと抱きしめた。

「推しの物語を確実に手に入れられて、しかも、何度でも読み返せる本っていう媒体のよさも知ったから、これからは本屋さんにも通ってみようと思う」

「そうですね。当店にも是非、またお越し下さいませ」

ヨモギと千牧は、ぺこりと鷹野さんに頭を下げ、彼女を見送った。

選択肢はいくらでもある。彼女にその一つを教えられて、ヨモギは達成感に包まれていた。

「それにしても、本をほとんど読んだことがない人もいたんだな」

千牧の言葉に、「そうだね」とヨモギは苦笑した。

「これからどんどん、そういう人が増えるかも。だから、今回みたいに本のよさを分かって貰うきっかけを作れたらいいね」

「課題は盛りだくさんだな」

だが、千牧は目をキラキラさせていた。彼は散歩が生き甲斐だと言っていたが、何か困難に挑戦するのも生き甲斐の一つなのだろう。

そういうヨモギも、自分の表情が綻んでいることに気付いた。

道は険しいけれど、やり甲斐はある。本から遠い場所にいる人達を、どうやって振り向かせるか。

「よし。今日の夕飯の時に、じいさんに話してみようぜ」

「そうだね。三谷お兄さんに会った時にも、この話をしてみようかな。もしかしたら、既に何かやってるかも」

ふたりはそう言って、お互いの拳を合わせて気合を入れる。

因みに数日後、鷹野さんが保存用と布教用に例の小説を二冊ずつ買いに来たのは、また別の話。

第二話　ヨモギ、お爺さんと次のことを考える

よく晴れた穏やかな日だった。

日差しがぽかぽかと気持ちよく、店先に出たヨモギは思わず伸びをした。

「んー、日向ぼっこすると気持ちよさそう」

「ここのところ、暖かくていい季節だよな。散歩が捗るぜ」

最後の新刊を並べ終えた千牧もまた、のそのそとやって来た。太陽の光を浴びて、心地よさそうに目を細める。

「今日が休みだったら、やることは日向で昼寝に決まりだな」

「昼寝したいなら、あとは僕がやっておくけど……」

真っ直ぐな目でそう言うヨモギに、「ばか！」と千牧は言った。

「ヨモギひとりに任せっ放しってわけにはいかないだろ！　ヨモギが働くなら、俺も働く！」

「千牧君は律義だねぇ」

ヨモギは千牧の真面目さに感心する。

「それじゃあ、僕が昼寝をしようとしたら？」

「あとは俺が代わりにやっておく」

千牧は、任せておけと言わんばかりに自らの胸を叩いた。

「それじゃあ、千牧君は働きっ放しじゃない」

「いいんだよ。体力が有り余ってるし」

千牧は腕まくりをすると、健康そうな腕っぷしをヨモギに見せつけた。

『監視カメラとセルフレジがあれば、ボクが代わりにやっておくのに』

ふたりのやり取りに、パソコンの中のテラが口を挟む。

「監視カメラもセルフレジも、導入が大変そうだよ……」

お金もかかりそうだし、とヨモギは溜息を吐いた。その初期費用を払う余裕は、稲荷書店にはない。

「ん、待てよ」

「どうしたの、千牧君」

「全部自動化すれば、爺さんも一人で店を経営出来るんじゃないか？」

「問題は、お爺さんが機械を使いこなせるか、かな……」

「おお……、確かに」

パソコンも苦手だったようだし、自動化は難易度が高そうだ。

「それに、全自動にしたら、僕達もいらなくなっちゃうっていうか……」

「それは駄目だ！」

千牧は、ぶんぶんと首を横に振った。

『千牧君は書店員をやらずに済むし、一日中、昼寝か散歩が出来るよ。なのに、どうして駄目なんだい？』

テラは不思議そうに言った。だが、「そういう問題じゃない」と千牧が反論する。

「色んなお客さんに『いらっしゃいませ』が出来るのが楽しいんだよ。働くのも、俺にとっては散歩や昼寝と同じなんだ！」

千牧の言葉に、ヨモギは成程と納得する。

千牧にとって、働くことは苦痛ではないらしい。だからこそ、自分に任せろと豪語していたのか。

「でも、それは僕も同じかな」

ヨモギもまた、書店員として働くことは楽しかった。

色んな人の想いが詰まった本に出会い、様々なお客さんに接し、双方を繋ぐ仕事にやりがいを感じていた。

狛狐として祠を守っていた時とはまた違った、高揚感にも似た使命感を胸に抱いていた。

「書店員ってさ。お客さんを繋ぐ仕事だし、ちょっとだけ、縁結びをしている気分になるよね」

「言われてみれば、確かに。それじゃあ、俺は、縁結びの犬神だな！」

千牧はびしっと親指で自らを指す。

「僕は縁結びの狛狐……？　でも、僕達は祀られているというよりは稲荷神さまの祠を守っているだけだし、そもそも、稲荷神さまは縁結びの神様じゃなかったような……」

「それを言ったら、犬神だってそうだって。縁結びの犬神なんて、聞いたことないぞ」

「確かに」

ヨモギが同意すると、千牧は得意顔になった。

「縁結びは、結んで名乗ったもん勝ちだ！　実績があれば文句は言われないだろ！」

千牧は強引な持論を述べつつ、ヨモギの肩をぽんぽんと叩いた。

「やあ、盛り上がっているじゃないか」

奥から、お爺さんがひょっこりと顔を出す。ヨモギと千牧は、思わず顔を綻ばせた。

「えへへ。すいません、お仕事中に」

「いいんだよ。みんなで楽しくやってくれれば。ところで、南部せんべいは食べるかい？」

「南部せんべい？」

ヨモギと千牧は、揃って首を傾げた。

『南部藩で主に食べられていた野戦食のようだね』

テラは、すかさず南部せんべいのことを教えてくれた。

「へぇ、そうだったのか。私は東北のお菓子だということしか知らなくてね」

テラの説明を聞いたお爺さんは、興味深げにパソコンへと視線をやる。

テラが言うには、主に八戸(はちのへ)や二戸(にのへ)、盛岡(もりおか)などで食べられていたらしい。どうやら四五〇年の歴史があるようで、法事や祝儀の時にも用いられているという。

『まあ、ネットの情報を拾っただけだけど』

「それでも有り難いね。私は、パソコンがよく分からなくて」

検索するのも一苦労だと言いながら、お爺さんは手にした袋をヨモギと千牧に差し出した。

「これが、南部せんべい……！」

最中(もなか)のような色をした、薄くて丸い煎餅(せんべい)だ。胡麻(ごま)が練り込んであるのと、落花生が練り込んであるのと二種類あった。

「二人で分けて食べなさい。三軒隣の清水(しみず)さんがくれたものでね」

「やったー。ありがとな、じいさん！」

「清水さんにもよろしくお伝え下さい」

はしゃぐ千牧と、ぺこりと頭を下げるヨモギを見て、お爺さんは微笑(ほほえ)ましげに目を細める。だが、すぐに申し訳なさそうにパソコンの方を向いた。

「すまないね。テラ君にも南部せんべいをやりたいところなんだが」

『ボクはお腹が空かないから気にしないで。その気持ちだけで充分だよ』

テラはぱちんとウインクをしてみせた。

一方、お客さんがいない時を見計らって、ヨモギは落花生が練り込まれている方を、千牧は胡麻が練り込まれている方を貰った。

歯を立てて齧ると、ぱりんという軽快な音がする。割れたところから、ふんわりと落花生の甘い香りがした。

「へぇ、美味しい……」

ヨモギの口が自然と綻ぶ。

素朴であり、優しい味わいだった。噛めば噛むほど、懐かしさすら感じる味が口の中に広がっていく。

「確かに美味いな！　味があっさりしてるから何枚でも食えそうだ！」

千牧はバリバリと南部せんべいを噛み砕く。

「気に入って貰えてよかった」

お爺さんは何処か安堵したように微笑む。

お爺さんが言うには、どうやら、亡き妻であるお婆さんの好物だったらしい。

清水さんは岩手出身で、長い付き合いのある人だという。それで、事あるごとにお婆さんの好物である南部せんべいを持って来てくれているのだ。お婆さんが亡き、今でも。

「一人で食べていると、妻のことを思い出してしまってね」

「お爺さん……」

「それに、ヨモギと千牧にも南部せんべいの美味しさを知って貰いたくて」

お爺さんが一瞬だけ見せた寂しそうな表情は、すぐに本人によってかき消された。彼の前向きな言葉に、「そりゃあもう！」とヨモギと千牧は頷(うなず)いた。

「俺の知ってる煎餅と違うから、衝撃的だったぜ。煎餅ってもっとこう、醤油(しょうゆ)がついてるものだと思ったけど」

「そうだね。あと、もうちょっと固いイメージがあったよ。でも、これくらい食感が軽くて素朴な味だと、末永く食べられそうだね」

千牧とヨモギは、南部せんべいの話で盛り上がる。

その時だった。

突如として、パソコンからコンビニの入店音が聞こえて来たのは。

「えっ、テラ？」

ビックリしたヨモギは、南部せんべいで咽(むせ)そうになる。だが、テラがそんな音を出した理由は、すぐに分かった。

「すいません。こんにちはー」

「いっ、いらっしゃいませ！」

お客さんだ。

テラは、お客さんが来たことを知らせてくれたのだ。

ヨモギと千牧は、とっさに口の中の南部せんべいを呑み込む。

「おお。魚住さん」

お爺さんは、お客さんを笑顔で迎える。

お客さんは身綺麗にした壮年の女性だ。

その顔に、ヨモギも見覚えがあった。確か、近所に住んでいる人だ。千牧と散歩をしている時に、何度か挨拶をしたことがある。

だが、魚住さんが稲荷書店にやって来たのは初めてだった。

「何か、お探しですか？」

お爺さんは、店内をキョロキョロと見回す魚住さんに尋ねる。

「ええ。子供に本を買ってあげようと思って」

「おお、それはいい。小さい頃から本に触れていると、色々な知識や見方が身に付きますからね」

お爺さんは心底嬉しそうに微笑む。その笑顔を見て、ヨモギの胸の中も温かくなった。

だが、魚住さんの話には続きがあった。

「だから、教育的な本を探しているんです」

「教育的な本……」

お爺さんは首を傾げる。

「そう。やっぱり、子供の将来に役に立つ本を読ませたいじゃないですか。きっちりと教養をつけて、恥ずかしくない大人になって貰わないと」

魚住さんの目は燃えていた。

お爺さんは、ちょっと困ったように微笑んでみせる。

「確かに教養も大事ですが、お子さんの好きな本を買ってやった方がいいですよ。本は読まれないと意味がないですし」

「でも、うちの子は本に興味を示さないんですよ。スマートフォンで動画ばっかり見てて。だから、何を買って行ったらいいやら」

「ふむ……」

お爺さんは考え込む。

すっかり、書店員モードだ。

ヨモギと千牧は、固唾を呑みながらお爺さんの活躍を見守った。

「では、魚住さんが好きだった本はどうですか？　好みが遺伝することもありますし、何より、魚住さん自身がよさを知っている本ならば、お子さんにその本を読んで貰いやすいのでは」

それを聞いた魚住さんは、難しい顔をする。

「私、本をあまり読んだことがなくて」

「おや、そうなんですか……」

お爺さんの表情は、明らかに落胆していた。きっと、魚住さんは本に縁があまりないと知って、寂しくなってしまったのだろう。

ヨモギはお爺さんを何とか手伝いたいと思いながら、助け舟を出す。

「最近はほら、育児とかで忙しくて読めなかったんでしょうけど、昔はどうですか？　幼い頃に読んだ本なら、お子さんのニーズと合うでしょうし」

「幼い頃に読んだ本なんて、あったかしら。うちは両親が共働きで、なかなか本を買って貰う機会がなくて……」

「おお……。それは大変でしたね……」

ヨモギもまた、しょんぼりしてしまう。魚住さんが本と縁遠いことを実感したのと、彼女の寂しかったであろう幼少期を想像してしまったからだ。

そこに、千牧が割り込んだ。

「じゃあ、小さかった頃の魚住さんが読みたいと思う本を買ったらいいんじゃないか⁉　ワクワクするようなやつとか、ドキドキするようなやつとか、色々あるだろ？」

「幼い頃のことは、大人になってしまったからもう分からないですよ。とにかく今は、子供に教育的な本を読ませたい。それだけですね」

魚住さんに突っぱねられ、千牧も「きゅぅーん」と、情けない鳴き声を漏らしながら項垂れる。

「教科書に載っている文豪の本なんかは、教育的よね。ああ、良いのがあるじゃない」

棚に視線を巡らせていた魚住さんが見つけたのは、夏目漱石全集だった。

「うっ……！」

その場にいた全員が呻いてしまう。

魚住さんは全十巻の夏目漱石全集をごっそりと棚から抜き、レジまで持って来たのだ。

「これ下さい」

「い、いいんですか？」

ヨモギはぎょっとした顔のまま問いかける。

「何がです？　夏目漱石は教育的でしょう？」

「まあ、教育的かもしれませんが……」

流石は全集。一冊がかなり分厚い。活字好きの人にとってはご褒美のようなものだが、読書初心者は躊躇する厚みだ。

「失礼ですが、魚住さんのお子さんはお幾つでしたかね。まだ、かなり幼かったような気が……」

お爺さんは、笑顔を張りつかせながらも遠慮がちに問う。

「今年で小学五年生になりました。漢字もかなり読めますし、大丈夫ですよ。もし読み方が分からなくても、今の子はスマホで調べられますし」

　魚住さんはさらりと言った。

「小学五年生だと、もう少し読み易(やす)く配慮された本の方がいいのでは……」

「子供向けの本ってことですか？　でも、これくらいの全集だと、大人になっても繰り返し読めますから」

　魚住さんの言い分も一理ある。

　本は、よっぽど雑な扱いをしない限りは、十年以上もつものだ。丁寧に扱えば一生ものになる。大人になっても読むことを考えると、子供向けの本よりも、大人向けの本の方がいいかもしれない。

　だけど、本に触れる最初の一歩が険しかったらどうか。十年以上も、読み続けられるだろうか。

「因(ちな)みに、お子さんに本を読んであげたことはなかったんですか……？」

　プライベートなことなので、ヨモギは恐る恐る尋ねる。すると、魚住さんはあっさりと答えてくれた。

「私達も共働きだし、なかなかそういう機会がなかったんですよね。読み聞かせアプリに頼りっ放しだったんです。そのせいか、今ではすっかりスマホに夢中だし、ちょっと国語の成績がよくなくて……」

「だから、教育的な本で国語力をアップさせたいと、そういうことですかね」

「その通りです」

魚住さんは、よくぞ理解してくれたと言わんばかりに頷いた。

「夏目漱石を読み終わったら、芥川龍之介か太宰治を読ませようかと思って。あの辺りも、国語の教科書に載ってましたもんね」

「はあ、まあ……」

ヨモギは、曖昧に頷くことしか出来なかった。

魚住さんはお会計を済ませると、分厚い夏目漱石全集全十巻を抱えて、意気揚々と帰路につく。「あれを抱えて帰れるの、凄いよな」と、千牧は感心していた。

「夏目漱石に芥川龍之介、そして、太宰治か……。確かに、傑作揃いの文豪達だが、どうだろうね……」

お爺さんは、難しい顔をして腕組みをしていた。

「今はただ、お子さんが読んでくれるのを祈りましょう……」

ヨモギはそうとしか言えなかった。

「でも、誰に祈ればいいんだ？　俺はそういうの苦手だしテリトリー外だし、お稲荷さんも門外漢だよな」

「それはほら、さっきの縁結びみたいに……」

結んで名乗ったもの勝ちという千牧の言い分を、ヨモギは思い出す。

「縁は積極的に働いて結べるけど、本は本人が自発的に読まなきゃいけないんじゃないか？」

「まあ、そうなんだよね……」

「俺達が音読してやるのは出来るかもしれないけど、それだと読み聞かせアプリっていうのと同じだもんな、多分」

千牧は、珍しく眉間に皺を寄せる。

その様子を見て、お爺さんもまた苦笑を漏らした。

「祈るならば、学問の神様の天神様だね。ここから近いのは、湯島天神か」

時季になると梅がとても綺麗なんだ、とお爺さんは付け足す。

どうやら湯島天神は、御徒町からすぐのところにあるらしい。

天神様として知られている菅原道真公を祀った神社で、鷽替え神事をやっている神社の一つでもある。

「御徒町だったら、歩くのに丁度いい距離じゃないか！　散歩がてら、天神さまに祈って来るか！」

運動好きの千牧にとって、駅二つ分は散歩にほどよいらしく、尻尾があったら振っていたと言わんばかりに目を輝かせていた。

翌日、ヨモギ達は朝早くから湯島天神へと向かい、魚住さんのお子さんが本を読んでくれるように、と天神様にお祈りしたのであった。

「なるほど。それで、ＳＮＳに湯島天神の写真がアップされてたのか」

神保町にある新刊書店のウッドデッキで、三谷はコロッケが挟まったサンドイッチを食べながら、ヨモギの話を聞いていた。

三谷は新刊書店で働いている書店員だ。今は休憩中なので、ヨモギの話を聞きながらランチをとっている。

彼は背がひょろりと高い猫背の青年で、普段は無気力な目をしているが、本のことになると急に活力に溢れる。

ヨモギは稲荷書店を手伝い始めた頃から、この三谷の世話になっていた。

「そうなんですよ。湯島天神は、厳かでいいところでした。僕もちょっとだけ、ご利益を貰った気分です」

ヨモギは、ペタペタと自分の頭に触れる。心なしか、頭が冴えているような気がしていた。

「天神様って言ったら、学業成就だしな。俺も学生時代には、太宰府天満宮でお守りを貰ったよ」

「えっ、太宰府天満宮って福岡ですよね。わざわざそこまで⁉」

ヨモギは三谷の信心深さに感心する。

だが、三谷の話には続きがあった。

「いや、修学旅行先だったんだ」

「ついでだったんですね……」

ヨモギはがっかりしてしまう。

「まあ、神さまに祈ったところでどうにもならないことの方が多いしな。お守りを持ってるからって、道真公が代わりに試験問題を解いてくれるわけじゃないし」

「そんなことになったら、学生さんはみんなお守りを欲しがるし、天神様は過労になりそうですね……」

「まあ、お守りがあるとちょっと安心するし、そういう気休めが功を奏して勉学が上手くいくこともあるからさ」

ヨモギは、「確かに」と納得した。

「あと、お守りがあると緊張感がありますよね」

「緊張感？」

ヨモギの言葉に、三谷は不思議そうな顔をする。

「天神様に見られている気分になるとか……」

「ああ。それはもう、勉強せざるを得ないな……。戒めのためにお守りを手に入れるのは、なかなか斬新だと思うぜ」

三谷はそう言いつつ、あっという間にコロッケサンドを完食した。

「だけど、その親子は気になるよな。子供の本を買うなら、子供を連れて来ればいいのに」

「そうですね……。本にあんまり興味を示さないようですし、諦めていたのかもしれませんが」

それか、サプライズのつもりで本を買ったのかもしれない。その意図は、魚住さん本人にしか分からなかった。

「うちの店にも、たまに同じようなお客さんが来るんだよな。子供に教育的な本を買いたいって。でも、親御さんの方が本をほとんど読まないから、何を買ってやったらいいか分からないみたいでさ」

「本は読んだことがないけど、教育的だと思うから買ってやりたい……か」

「まあ確かに、読書をしていると新たな発見が沢山あるよ。世界的な名著ともなると、道徳や信仰、政治などを考え直す機会になるし。読めば多角的な視野が得られるから、読んで損はないと思う」

「それは、僕にも分かります」

ヨモギは深々と頷いた。

ヨモギもまた、狛狐だった時には感じなかったことを沢山感じられるようになった。

本を一冊読むごとに、世界がより鮮明に見えるようになっていった。時には、歴史的な出来事がドラマティックに描かれており、時には、科学的な見解をキャラクターの対話によって学ぶこともあった。

差別や暴力、戦争について書かれている本もある。

だが、そんな目を背けたくなるような内容を読書によって疑似体験し、それらが何故（なぜ）いけないのか、どんな過ちを引き起こすのかを学ぶことが出来る。

そう。本は人生を豊かにしてくれる。

最早（もはや）、何人が言ったか分からないほど言われているそんなセリフを、ヨモギもつい、呟（つぶや）きたくなる。

本を読むに至り、読み終わった者のほとんどが抱く感想なのだ。

魚住さんの「本は教育的」と思った切っ掛けも、そんな人達の声を聞いたことなのだろう。

「ヨモギ、ちょっとうちの売り場見ていく?」

「もちろん、お供します！」

ヨモギはびしっと背筋を伸ばすと、敬礼をしてみせた。

「いや、そんなに畏まることはないんだけどさ」

三谷は苦笑しながら、ヨモギとともに新刊書店の中に入り、エレベーターで六階の児童書売り場までやって来た。

そのフロアには、学習参考書やコミックも置いてある。子供が好みそうなものは、一通り揃っているようだった。

「夏目漱石っていってもさ、こういうのは読み易いんじゃないかな」

三谷が本棚から取り出したのは、夏目漱石の『坊っちゃん』だった。本の佇まいは、昨日の全集とは全く違っていた。

「なんか、ポップな表紙ですね」

カバーイラストは、漫画やアニメのような絵だった。タイトルと著者名を隠されたら、明治に刊行された物語とは思えないほどだ。

「だろ？　最近は、割とこういうのが多いかな。やっぱり、ターゲット層にとって馴染みがある装丁の方が、興味が惹かれるだろうし」

「ターゲット層っていうと、お子さんですよね」

ヨモギの問いに、「そう」と三谷は頷いた。

「だって、読むのは子供だろ？　子供に興味を持って貰えないと意味ないからな。手に取ってページを開いて、文章を読み始めてこそ、名著は意味があるわけだし」

「ポップな絵はきっかけ作り……」

「そういうこと」

三谷は深く頷いた。

「親が読ませたい本と子供が読みたい本って、必ずしも一致しなくてさ。親はためになる本を読ませたいんだろうけど、子供は自分が読んで楽しい本か、クラスとかで話題になっている本を読みたいんだ。だから、せめて、子供に興味を持って貰えそうな装丁にするわけ」

「出版社さんも、色々と試行錯誤をしてるんですね」

「だな。きっと何処の出版社も、いい作品の読者は絶やしたくないと思ってるだろうしさ。いい作品が後世まで残るようにって、日々邁進(まいしん)しているわけさ」

三谷はそう言って、手にした『坊っちゃん』をそっと棚に戻す。

「あと、児童書になってる名著は、子供が読んでも分かりやすいやつが多いしな」

「あ、そうか。出版社さんが子供に読んで欲しい本を選んで、児童書にしているからですね」

「ああ。出版のプロの選書なんだから、そうそう間違いはないはずだ。文豪が書いた作品は傑作揃いだけど、どれも子供が楽しめるわけじゃない。大人になってからの方が楽しめるものもあるしな。高校の教科書に載ってる『こころ』なんかは、小中学生にはちょっと早い話だと思うし」

夏目漱石の『こころ』は、一人の女性を巡って男子二人が争う話なのだが、繊細で複雑な感情の揺らぎが描かれており、人生をある程度経験してから読むと、その味わい深さがよく分かるのだという。

「そう言えば、児童書で『こころ』は見たことがないような……」

ヨモギは、稲荷書店の棚に並んでいた児童書を思い出す。

「まあ、それなりに長い話だからっていう理由もあるかもしれないけど、出版社的にはまず『坊っちゃん』なんだろうな。太宰治だったら、『人間失格』よりも『走れメロス』を児童書にするとかさ」

人生経験が浅いと理解しにくい話。逆に、柔軟な発想があると楽しめる話など。名作というくくりの中でも、様々な作品があるという。

「そっか……。うちにもポップな装丁の児童書がありましたし、それを薦めれば良かったんですね……」

記憶の糸を手繰り寄せたヨモギは、己のふがいなさに項垂れる。そんな彼の背中を、三谷は軽く叩いた。

「ま、気にすんな。次はそうすればいいだろ」

「そうですね……。あと、お子さんの本を買いに来る人が多いから、もう少し児童書を増やしても良いかもしれません」

稲荷書店の子供向けの本と言えば、絵本が中心だ。だが、絵本を卒業して、活字に触れようとしている子供向けの本は少ない。

「いいんじゃないか？　子供にとって馴染みの店になれば、爺さんも喜びそうだし」

「はい！」

賑やかな子供に囲まれたお爺さんを想像するだけで、ヨモギは胸の奥が温かくなる。お爺さんは子供が好きだし、きっと喜んでくれるだろう。

「それにしても、ヨモギはえらいな」

「へぁっ⁉」

三谷にいきなり褒められたので、ヨモギは変な声を出してしまう。

「いつも稲荷書店のことを考えてるだろ？　爺さんも、ヨモギが誇らしいと思ってるんじゃないか？」

「そう思って頂けると、光栄ですよね」

ヨモギは照れくさそうにはにかむ。

「将来的に、ヨモギが継げればいいんだろうけど」

「将来……」

後継ぎの話をされ、ヨモギは表情を曇らせる。

「おっと、悪い。禁句だったか」

三谷は慌てて口を噤む。だが、ヨモギは首を横に振った。

「いいえ。どうなんだろうと思っただけです」

三谷が言っているのは、お爺さんが彼岸に渡ってからのことだろう。

お爺さんがいなくなるなんて想像したくもなかったし、その先のことなんて考えたくもなかった。つい先日も、その考えを振り払ったばかりだ。

だが、避けて通れない話だ。

ヨモギは改めて、その現実を突きつけられた気がした。

「僕はお爺さんのご利益でこの姿になっているので、お爺さんがいなくなったらきっと、僕も狛狐に戻るんだと思います」

ヨモギの話に、三谷は何とも言えない顔をした。寂しさとやるせなさが混ざった複雑な表情だ。

「そっか……。それは、寂しくなるな」

ヨモギはそんな言葉を聞いて、思わずキョトンとする。そんなヨモギに、「どうしたんだよ」と三谷は不思議そうに首を傾げた。

「いや、まさか三谷お兄さんにも名残を惜しんで貰えるなんて……」

「いやいや、何言ってんだ。ヨモギにはいなくなって欲しくないに決まってるだろ」

三谷は、ぽんとヨモギの頭に手のひらを乗せる。体温は低いけれど、大きくて優しい手だ。

　本をしっかりと包み込む、書店員の手だった。

「ヨモギはもう、俺の立派な後輩みたいなもんだ」

店は違うけど、と三谷は付け足す。

後輩。

その言葉が、ヨモギの胸に響いた。

「うっ……ぐすっ……」

「ちょ、どうしたんだ。まさか俺、お前の地雷を踏むようなことを言ってたか？」

しゃくりあげるヨモギに、三谷は慌てる。だが、ヨモギは溢れた涙を慌てて拭（ぬぐ）うと、首を横に振った。

「いいえ。嬉しかったんです。三谷お兄さんに、後輩扱いして貰えるのが」

「そ、そうなのか？　そんなに大袈裟（おおげさ）なもんじゃないと思うけど」

「三谷お兄さんは、書店員としての先輩でもあり、心の師匠（ししょう）だと思ってます……」

「や、やめろって。そういう柄じゃないから……！」

棚の補充をしていた三谷の同僚が、ぎょっとした顔でこちらを見ていた。三谷は「なんでもない！」と叫び、ヨモギもまた、「大丈夫です！」と手を振ってみせた。

三谷の同僚である書店員は胡乱な顔をしつつも、棚の補充に専念する。三谷とヨモギは、揃って深い息を吐いた。

「なんにせよ、爺さんには長生きをして貰うよう祈っておかないとな。ヨモギみたいにやる気のある書店員を失うのは、出版業界の損失だ」

「そこまでのものではないですよ⁉」

思わず目を剝くヨモギであったが、「謙遜するな」と三谷は言った。

「実際、お前はよくやってると思うよ。書店に来たお客さんに、ちゃんと本を薦めてるし、読者を増やしているじゃないか。爺さんの店だけじゃなくて、出版業界的にも、お前は大きな戦力だよ。本好きを一人増やすってのは、大きな功績だ。一人の本好きの読者が何十冊、何百冊と本を買ったら、幾つもの出版社と大勢の著者が助かるんだぜ」

「三谷お兄さん……」

三谷の感じ入るような言葉に、ヨモギの視界が再び滲む。三谷はぎょっとして同僚の目からヨモギを隠し、ヨモギもまた、ごしごしと目を擦った。

「それに、ヨモギがいなくなったら、お得意さんもご近所さんも寂しがりそうだしな。そう考えると、爺さんは責任重大だな」

「ははは……。そもそも、僕自身、お爺さんがいなくなったら辛いので……」

「そうだな。誰も欠けないのが一番だ」

三谷は深々と頷く。

ヨモギもつられて頷こうとしたが、現実はそうもいかないので、曖昧に頭を動かすだけになってしまった。

「でも、お前の相棒はどうなんだ？　爺さんに依存した存在じゃないだろ？　ひとりで店を継ぐのは難しいのか？」

「千牧君なら、ひとりでやっていけそうだと思いますけど、そもそも、犬神は家に憑くものですからね……」

「ああ。家族っていうコミュニティがなくなると、行き場所も失っちまうのか。概念に依存していると、その辺が厄介だな」

三谷は渋面を作る。

「せっかく、常連さんが増えて来たので、稲荷書店だけでも存続出来ればいいんですけどね」

「そうなると、あとは、新しい従業員を雇うしかないのかね。でも、仮に募集をかけても、人間以外のものが来そうだな。類は友を呼ぶって言うし。書店員は狛狐と犬神だし、あとは化け狸や化け猫とか」

冗談めかす三谷に、ヨモギは苦笑をしてみせた。

「化け狸や化け猫は、もう知り合いにいるので、もっと違うアヤカシかもしれません……」

そう言えば、化け狸である菖蒲の出版社づくりは順調だろうか。菖蒲が発行する本も置きたいし、彼との縁も稲荷書店から始まっていた。

化け猫の火車は、今、何処にいるのだろう。彼に手伝いを頼むという案も一瞬だけ過ぎったが、彼は一か所に留まろうとはしない。長く働いて貰うのは難しいだろう。火車の営業スマイルも想像がつかない。

というか、そもそも、店内が狭いので従業員を増やすことは現実的ではない。

「やっぱり、セルフレジと監視カメラを導入して、無人書店を視野に入れてみた方がいいですかね」

さんざん悩んだ結果、そんな結論に至ってしまった。

だが、三谷は遠い目になってしまう。

「セルフレジね。コンビニやスーパーだと目立つようになって来たけど、書店はまだまだ難しいな」

「そ、そうなんですか？」

「実は、うちの店もセルフレジを導入してさ」

「おお！」

ヨモギは目を輝かせる。

「見る？」と三谷が言うので、何度も頷いた。

まさか、三谷が勤める新刊書店では導入されていたなんて。見逃してしまったのは不覚だと思いながら、ヨモギは三谷に案内されて一階のレジ前までやって来る。

「ほら、あれだよ」

レジ前には行列が出来ていた。お昼時なので、ランチタイムを利用して周辺のオフィスに勤務している人達がやって来たのだ。

そして、そんな列の隣に、ポツンと機械が置いてあるではないか。

「まさか、あれが……」

「そう。閑古鳥(かんこどり)が鳴いているあの場所が、セルフレジだ」

お客さんのほとんどが有人レジに並んでしまっている。

しばらくの間、列を観察していると、若い人や忙しそうなビジネスマンがちらほらと利用しているくらいだった。

「セルフレジの方が断然早いのに、どうして……」

「機械は苦手っていうお客さまが多いんだよ」

三谷は遠い目をしていた。

確かに、お客さんはお爺さんと同じくらいの年齢の人が多い気がする。

「あと、うちはセルフレジで現金が使えないんだ。クレジットや交通系ＩＣ決済しか使えない」

逆に、セルフレジは現金のみというお店もあるという。

「俺はレジに入ってる連中の手間を一つでも省きたいから、セルフレジを愛用しているけどな。交通系ＩＣだったらワンタッチで終わるし、めちゃくちゃ早くて便利なんだ」

「うちは、現金のお客さまが多いですね……」

「だったら、現金が使えるセルフレジを導入すればいい。ただし、お客さんが機械に強くないと、結局は有人レジで打つことになるけどな」

有人レジが混んでいるからとセルフレジに行ったお客さんが、セルフレジの使い方をスタッフに聞くこともあるという。

「あと、不具合が起きた時の対処が死ぬほど大変なんだ」

三谷の目は、完全に死んでいた。きっと、目の前にあるセルフレジも不具合が発生して、三谷はそれに振り回されたのだろう。

「うーん。全自動は難しそうですね……」

いっそのこと、テラだけになってしまったら、彼に任せられないかとヨモギは思ってしまった。でも、テラがいくら丁寧にナビゲートしても、機械と相性が悪い人は難しそうだ。

「でも、セルフレジはちょっと面白そうですね。導入じゃなくて、体験はしてみたいかも。交通系ＩＣなら、僕でも作れますかね」

「ああ。スマホにアプリを入れれば使えるから、入れたら挑戦してみろよ。ビックリするほどスムーズにお会計が済むから」

何だかんだ言って、客の立場であれば三谷もセルフレジは気に入っているらしい。きっと、三谷のように機械に抵抗がなくスマートな買い物が好きな人に向いているのだろう。

ヨモギは、今度来た時はセルフレジで買い物をすることを三谷に約束しつつ、その日は帰路についたのであった。

数日後のことだった。

ランチタイムのお客さんの波が途絶え、幼稚園や小学校から帰宅する子供がちらほらと店の前を通り過ぎる時間になった。

数人の男子小学生が、店頭の棚を整理しているヨモギに手を振ってくれた。ヨモギは微笑み、手を振り返してやる。

「おっ、知り合いか？」

千牧は微笑ましげに尋ねる。

「この辺に住んでる子だと思う。たまに見かけるんだよね。話したことはないけど」

「へー。あいつらと同じくらいの年齢に見えるからな、ヨモギは」

「そうかもね。友達が出来たみたいで、ちょっと嬉しい」

ヨモギも、ほのかな笑みを湛える。

「次は声をかけてやれよ。それで、友達になっちゃおうぜ」

「うーん」

友達になろうと言われた途端、ヨモギは難色を示した。

「どうしたんだよ。友達は多い方がいいだろ？」

「そうだね。友達が増えるのは僕も嬉しいけど、あの子達は成長するから」

「あっ、そうか……」

ヨモギの外見年齢と同じくらいの男の子達。彼らは今後、すぐに背が伸びて声変わりをし、みるみるうちに大人になるだろう。

だけど、ヨモギは一年経っても二年経っても、十年経っても同じ姿だ。

「僕の正体が分かっても平気な人だったら、友達になれるんだけどね。そうじゃないと、訝しがられちゃうから」

「だな……。でも、あいつらがヨモギのことを受け入れてくれるかもしれないだろ？」

「うん。だから、友達になるなら、少しずつ時間をかけて相手のことを知ろうと思って」

ヨモギは、遠い目をしながら男子小学生達を見送っていた。

「難儀な体質だよなぁ」

「それを言うなら、千牧君もだからね!?」

ヨモギは思わず目を剝いた。

「俺は大人だからな。そうそうバレることはないぜ。あと、犬にはほとんど初見で正体を見破られるから、関係ないね」

千牧は、何故か得意げに胸を張る。

「動物は直感が鋭いからね……」

「犬に正体がバレても苦労しないけど、人間に正体がバレると大変なのって、なんでなんだろうな」

犬が千牧の正体を知ると、最初は唸(うな)ったり不審がられて周りをグルグル回ったりされるが、危ない奴(やつ)じゃないと分かると友好的になるし、場合によっては、下手(したて)に出てくれるという。

「人間は警戒心が強いからね。それに、動物ほど直感が優れていないから、害意があるかどうか判断し難(にく)いのかも」

「ヨモギも、狐(きつね)となら仲良くなれるんじゃないか?」

首を傾げる千牧に、「えっ、どうだろう」とヨモギは動揺する。

「僕は狐の姿をしたアヤカシだけど、狐じゃないからなぁ……」

「それもそうか」

ヨモギは狛狐だ。生まれながらにして狐だったわけではなく、狐の姿をした、祠を守る存在なのだ。だから、狐特有の習慣もあまりよく知らない。

一方、千牧は犬神になる前は生きた犬だったので、犬としての習慣が残っている。犬のコミュニティに馴染みやすいのも、そのせいだろう。

「まあ、友達を増やす時、手伝いが欲しかったら言ってくれよな。俺、手を貸すから」

千牧は歯を見せて笑った。ヨモギもつられて、顔を綻ばせる。

「うん、有り難う。でも僕は、千牧君っていう友達がいるだけで充分満たされてるからね」

「ヨモギ……！」

千牧は感動したのか、目を潤ませる。

そんな時だった。「すいません」とお客さんがやって来たのは。

「あっ、いらっしゃいませ！」

ヨモギと千牧は姿勢を正す。

店先に立っていたのは、魚住さんだった。その横には、小学生くらいの女の子が佇んでいる。

女の子の腕は、魚住さんにガッツリと掴まれていた。当の魚住さんも、眉間に皺を寄せて口をきゅっと結び、何やら穏やかでない表情をしている。

「き、今日はどのような本をお探しでしょう……」

ついつい声を上擦らせながらも、ヨモギは魚住さんに尋ねた。

「うちの娘、買ってやった本を読まないんです」

魚住さんは、ずいっとヨモギに詰め寄る。女の子は、困ったように縮こまった。

「それは、本に興味を示すまで気長に待った方が……」

「気長に待っているうちに中学生になっちゃいますよ。中学校に上がったら、勉強はもっと難しくなるし、受験勉強もしなくちゃいけなくなります。それで、周りの子供達から、どんどん成績に差をつけられるかもしれないじゃないですか」

まくしたてる魚住さんに、ヨモギはいい反論が思い浮かばなかった。魚住さんの言うことは、やはり一理あるからだ。

でも、読書は無理にやらせるものでもないと思っていた。

どう返したらいいものやら、と悩むヨモギに、魚住さんは更に詰め寄る。

「あなたはうちの子と同じくらいの年齢ですし、教えて頂けませんか？　どうやったら、本を読むようになるのか」

「えっ、ええ⁉」

確かに、ヨモギと女の子は同じくらいの年齢に見える。だが、実際の年齢は魚住さんよりも年上かもしれないというのに。

「ぼ、僕は元々本に興味があって……。あと、お爺さん——この店の店主さんが読んでいる本が気になって……」

「元々本に興味が……!? どうりで、利発そうな顔をしていると……。うちの子と比べたらもう、雲泥の差だし……」

魚住さんはショックだったようで、よろめきながら天井を仰いだ。

「お母さん、もういいよ……」

女の子は、魚住さんの服の裾を摑んで、ぐいぐいと引っ張る。よっぽど気まずいのか、ずっとうつむいていた。

「よくない！ あんたが本を読めばいいのに、読まないからお母さんはこんなに苦労しているんでしょう！」

魚住さんは女の子の手を払う。女の子はしょんぼりして、店の隅に行ってしまった。

「そんな乱暴な……」

女の子を慰めようとするヨモギであったが、その行く手を魚住さんが阻んだ。

「そうだわ。子供に本を読ませるための本はありますか？ その本を読めば、うちの子も読んでくれるようになるはず」

「そんな本、あったかな……」

ヨモギは記憶の糸を手繰り寄せたり、棚を探したりする。

落ち込んでいる女の子のもとには、千牧が行ってくれた。千牧は表紙が華やかな本の前に彼女を連れて行き、「この本、綺麗だよなー」とか、「この表紙の女の子、君にそっくりじゃないか?」とか、敢(あ)えて読書と関係のない話題を振ってくれていた。

それでいい、とヨモギは思う。

興味がないものを押し付けられたら、嫌いになってしまうだろうから。

問題は、魚住さんだ。彼女をどうやって、説得すればいいだろう。

ヨモギが魚住さんの迫力に気圧(けお)されていると、奥からお爺さんがやって来た。

「おや、どうも」

お爺さんに挨拶をされると、魚住さんはハッと我に返って顔を上げる。

「こんにちは。すいません、またお邪魔して」

「いいえ。うちは本屋なので、いくらでも来てくれて構いません」

お爺さんは朗らかに笑う。そのマイペースで穏やかな笑みは、空気が張り詰めていた店内を明るく包んでくれた。

すっかり毒気を抜かれた魚住さんは、ヨモギから離れてお爺さんに相談する。娘が本を読まないということを伝え、どうやったら読んでくれるのかと尋ねた。

「やはり、夏目漱石全集は、あのくらいの子には荷が重いかもしれませんね」

「じゃあ、芥川龍之介の方が良かったでしょうか？」

「いや、そういう意味では……」

魚住さんは、どうあっても文豪から離れられないようだ。

そんなやり取りをしている傍らで、千牧と話していた魚住さんの娘さんは、ちょこちょこと棚に歩み寄り、本を一冊手に取った。

「お母さん、これ……」

それは、ヨモギが三谷に見せて貰った、ポップな表紙の『坊っちゃん』だった。

ヨモギ達は、思わず顔を綻ばせる。だが、魚住さんは違った。

「それは漫画っぽい表紙だからダメ」

顔を険しくして、魚住さんは娘さんを突っぱねる。

「でも、夏目漱石ですよ」

ヨモギはつい、口を挟む。すると、魚住さんは鋭い眼光をヨモギに向けた。

「夏目漱石なら、もううちにありますから。それに、漫画っぽい表紙のものを読ませたら、漫画っぽい表紙のものしか読まなくなりますよ、きっと」

突っぱねられた娘さんは、ポップな表紙の『坊っちゃん』を手にしてうつむいていた。

もしかしたら、彼女なりに母親を気遣ったのかもしれない。綺麗な表紙や可愛い見た目の本は、他にもたくさんある。でも、敢えて夏目漱石を選んだのは、彼女なりの意図があってのことなのだろう。

だが、母親には一蹴されてしまった。彼女は込み上げる感情を必死に抑えるように震えながら、今にも泣きそうだった。

「漫画っぽい表紙の、何が悪いんですか」

ハッキリとしたヨモギの反論が、店内に響き渡る。

魚住さんはぎょっとしたように目を見開き、娘さんもびっくりしたように顔を上げた。

「名著を漫画っぽい表紙にするのは、まだ活字慣れしていない子達が手に取り易いようにするためなんです。ワクワクする装丁や綺麗な表紙なら、中身にも興味を持つじゃないですか。魚住さんと同じように、本を作っている出版社さんだって、子供達に名著を読んで欲しいんですよ」

ヨモギに言われ、魚住さんはハッとして呟く。

「そうだ……。本を作っているのは出版社……。この表紙も、意図してのこと……」

魚住さんは、娘さんが手にした『坊っちゃん』を見つめる。

『坊っちゃん』の周りには、芥川龍之介や太宰治の名著も並んでいた。勿論、日本のみならず、海外の名作もある。

ヨモギが三谷と話した後、小中学生向けの名著を一か所にまとめておいたのだ。娘さんくらいの年齢の子がお客さんとして来ても、楽しい本屋さんになるようにと。

「それに、児童向けに出版された本は、中身だって読み易くなっているはずです。難しい漢字はフリガナがついていたり、ひらがなにしてあったりした方がいいと思いませんか？いくらスマートフォンで調べられると言っても、難しい漢字に出くわす度に調べていたら読むのに飽きちゃいそうですし」

「それは……」

魚住さんは、反論出来なくなってしまったのか口を噤んでしまう。

「魚住さん」

お爺さんに声をかけられ、魚住さんはびくっと身体を震わせた。

「うちで購入した夏目漱石全集、まだ読んでいないのならば、返品も受け付けますよ。だから、娘さんが読みたい本を買ってやったらどうですか？」

お爺さんは、飽くまでも穏やかに提案する。

娘さんの表情は輝き、退路を塞がれた魚住さんは恐縮してしまった。

「い、いいえ。全集は……私が読みます。私も不勉強ですし、それに、いずれ娘が読んでも良いようにと……」

児童書の『坊っちゃん』を読破した後、夏目漱石の著書に興味が出たら全集を読めばいいということらしい。

「そうですね。全集くらいにしか収録されていない物語もあるでしょうし。まあ、気長に待つならいいでしょう。急がば回れと言いますしね」

お爺さんも、納得したように頷いた。

「よかったな」と千牧は娘さんに笑いかける。娘さんも、「うん！」と笑顔を弾(はじ)けさせていた。

「亜由(あゆ)、他にも選んでいいわよ。このままじゃあ、うちが夏目漱石尽(ず)くめになっちゃうから」

亜由というのは、娘さんの名前らしい。魚住さんに促され、亜由ちゃんは平台(ひらだい)に並べられた児童書の中から吟味する。

「じゃあ、これ」

「宮沢賢治(みやざわけんじ)の『銀河鉄道の夜』とケストナーの『飛ぶ教室』ね。いいわ、これも買ってあげる」

装画はコミックタッチだが、いずれも名著として読み継がれているものだ。

亜由ちゃんが選んだ三冊を見比べ、魚住さんは苦笑を漏らした。

「見事に男の子が描かれた表紙ばっかりじゃない。あんた、面食いなのね」

「えへへ……」

亜由ちゃんは照れくさそうに笑う。

確かに三冊とも、カバーイラストにいるのは男の子ばかりで、しかも、かなり今風のイケメンとして描かれている。

その上、亜由ちゃん自身、千牧のそばを離れようともしなかった。イケメン好きというのは事実なのだろう。

「今風のイラストレーターさんや漫画家さんの力は偉大ですね。本に興味がない子にも、本を読ませるきっかけを作ってくれる。まあ、今はレトロと言われているような装丁も、昔はそれが『今風』だったんですが」

お爺さんは、キラキラのイケメンが描かれた表紙を眺めながら苦笑する。

「子供に寄り添った本の方が、むしろ教育的なのかもしれませんね。私も、冷静じゃなかった。全然、子供のことを考えてなくて……」

レジに向かいながら、魚住さんは溜息を吐く。

「お恥ずかしながら、私は国語が出来なかったんですよ」

「ほう、そうだったんですか」

お爺さんは意外そうな声をあげる。亜由ちゃんも初耳だったようで、「そうだったの？」と首を傾げていた。

「ええ。母はいわゆる教育ママで、塾にも行かされましたし、問題集も沢山やらされました。お陰で数学や英語の点数は良かったんですが、国語だけが出来ませんでした」

遊ぶ時間はほとんどなく、本を読む時間すらなかった。大事なことは教科書に書いてあるからいいでしょう、というのが母親の言い分だったそうだ。

「でも、みんな意外と国語は点数が獲れるんですよね。全体的に成績が悪い子も、国語だけは出来ていたんですよ。だから、悔しくて」

その子達は、図書室によく行っていた。ゲームは裕福な家の子しか持っていなかったし、スマートフォンなんてなかった時代なので、主な娯楽の一つに読書があった。

彼らや彼女らは、図書室で人気の本について話していた。あのシリーズの何処まで読んだとか、新しい本を一番に借りたとか。

本を読んでいる時間がなかった魚住さんは、そんな話題についていけなかったことと、国語の成績が悪いことにコンプレックスを抱き続けていた。

そして、今日に至るという。

「だから、本を読ませようとしていたんですね」

話を聞いていたヨモギの言葉に、魚住さんは頷いた。

「娘には、私みたいな想いをして欲しくなかったんです」

亜由ちゃんもやはり、国語が少々苦手らしい。そこで、魚住さんは慌てて書店に来たということだった。

「それにしても、私ももう少し早く本屋さんに来ていればよかった。図書室や図書館もいいんですけど、やっぱり、本屋さんの方が新しい本が多いですし。まさか、文豪の本がこんなに手に取り易くなっているなんて……」

　魚住さんは、亜由ちゃんが選んだ本をしみじみと見つめる。

「お母さんも、イケメンの本買いなよ」

「こらっ！」

　亜由ちゃんの言葉に、魚住さんは慌てる。

「ほら、お母さんが好きなアイドルもここにいるし」

　亜由ちゃんは平台から目敏く、爽やかな笑顔のイケメンなアイドルが推薦コメントを寄せている帯を見つける。

　それを見た瞬間、魚住さんの表情が母親から乙女になった。

「あ、あら……、本当。……へぇ、『泣きました。青春を思い出したい人、読んで下さい』ねぇ……。彼が言うなら読んでみようかしら……」

　魚住さんは、なかなか分厚い青春小説をすんなりと手に取り、さらりとレジまで持って来た。

「お、お買い上げ、有り難う御座います」

　ヨモギがお会計をして、千牧が本を袋に入れる。魚住さんに差し出すと、亜由ちゃんが率先して持ってくれた。

「その、色々とご迷惑をお掛け致しました。でも、お陰様で、読書が楽しくなりそうです」

魚住さんは、深々と頭を下げる。お爺さんは、慌てて彼女の頭を上げさせた。

「いえいえ。こちらもお店なので、お互い様ですよ」

お爺さんは、亜由ちゃんの目線に合わせるように膝（ひざ）を折り、「また来てね」と言った。

亜由ちゃんは、「うん！」と大きく頷く。

その後、亜由ちゃんは千牧のことを名残惜しそうに何度も眺めつつ、魚住さんに手を引かれて帰って行った。ヨモギ達は、彼女達の背中が見えなくなるまで見送っていた。

「千牧君、すっかり懐かれてたね」

「俺、美味そうな匂（にお）いでもしたかな」

「イケメンだからじゃない⁉」

自分の匂いを気にする千牧に、ヨモギは目を剝いた。

「あの調子だと、今度はちゃんと本を読んでくれそうだね。よかった、よかった」

お爺さんは胸を撫（な）で下ろす。ヨモギもまた、魚住さんと亜由ちゃんの様子に安堵していた。

「それにしても、本を長年見ていると、時代とともに移り変わっていくのがよく分かるよ。そのペースは、世間よりも少しばかり遅いがね」

お爺さんはそう言って、亜由ちゃんが手に取った本が並べられた平台を見やる。

「今の子が好むあの装丁も、何十年か後には、レトロと呼ばれるようになっているのかもしれないね」

「その時には、どんな装丁が好まれているんでしょうね」

ヨモギは感じた疑問をさらりと口にする。

するとお爺さんの目は遠くなった。

「どうだろうねぇ。見てみたい気もするけれど、私はそれまで生きていないだろうし」

苦笑するお爺さんに、ヨモギは、「す、すいません」と謝る。だが、お爺さんは首を横に振った。

「いいんだ。それは仕方がないことだから。でも——」

「でも？」

「しばらくの間、こうやって、未来を担う世代に本を託す仕事を続けたいものだ。やっぱり、若者と子供の笑顔はいいものだからね」

若者というのは、魚住さんを指しているのだろう。お爺さんから見れば、大抵の人は若者だ。

「一人だった頃は、いつ店を畳むかということばかり考えていたけれど、ヨモギと千牧が来てくれてからは、もっと店を続けたいと欲が出てしまったよ」

困ったものだ、と笑うお爺さんに、ヨモギと千牧は笑顔をパッと弾けさせた。

「是非是非！　少しでも長くお店を続けられるように、元気でいて下さい！」

「そうだな。じいさんとこの店を必要としている人が、まだまだいるだろうしさ！」

ヨモギはお爺さんのしわしわの手をぎゅっと握り、千牧は背中を軽く叩く。

ふたりに挟まれながら、お爺さんは笑っていた。朗らかでありながら、生命力に満ちた笑みだった。

「そうだね。少しでも次に繋げられるよう、みんなで頑張ろう」

「はい！」

「ああ！」

ヨモギと千牧が意気込む中、パソコンからピロンと自己主張をせんばかりの機械音が聞こえた。

「もちろん、テラ君も」

『任せて！　あと、自動化をご検討中だったら、幾らでも相談に乗るから』

お爺さんに声をかけられ、テラは意気揚々と宣言してみせた。

「自動化か。この通り、機械に詳しくなくてね。何が自動化出来るのかな」

自動ドアかな、とお爺さんは扉のない店先を眺める。

そんなお爺さんに、「セルフレジっていうのがあるんですよ！」とヨモギは興奮気味に言った。

「三谷お兄さんのお店で導入しているんですけど、お会計が楽みたいですよ！　あっ、そうだ。セルフレジの体験をしたいので、スマートフォンを借りても良いですか⁉」

「ああ、構わないよ。スマートフォンだけでいいのかい？」

『アプリも入れないとね。ＩＣカードの電子決済なら、チャージもしなきゃ』

パソコンのモニターの中で、ペンギン姿のテラがブラウザを立ち上げてくれる。そこには、チャージの仕方などが表示されていた。

「おお……。結構色んなことをしなきゃいけないんだ……」

ヨモギは既に、尻込（しりご）みしていた。

『最初こそ手間だけど、あとは楽々だから』

「若い人だと、それほど手間に感じないんだろうけど……」

「ヨモギ、また顔がおっさんみたいになってるぞ」

千牧は、しかめっ面でモニターを見つめるヨモギにツッコミを入れる。

ヨモギは、現金払いのままにしたがるお客さんの気持ちもよく分かった。でも、新しいものは気になるという気持ちもあった。双方の感情の板挟みになり、葛藤（かっとう）しながら呻（うめ）いていた。

「セルフレジにするには、当分かかりそうだな……」

千牧は大きな手で、ヨモギの頭をぽむぽむと撫でてやる。お爺さんもまた、ヨモギの隣でヨモギと同じように目を凝らしながらモニターを見つめていた。

本の界隈は時代とともに変化するが、それは世間より少しだけゆっくりだ。

だからこそ、本に安らぎを感じる人が多いのかもしれないと、ヨモギは結論付ける。

その数日後、魚住さん母娘が再びやって来てくれた。

二人とも購入した本を完読したようで、あれが熱かったとか、これに感動したとか熱弁を揮ってくれた後、嬉しいことに次の本を買って帰路についたのであった。

第三話　ヨモギ、稲荷書店から消える？

稲荷書店は穏やかな日々が続いていた。

お爺さんは時折店先に立つようになり、そのためか、昔、稲荷書店に通っていたという人達も、ちらほらと顔を出すようになった。

「実は、やってるんだかやってないんだかって感じで、ちょっと足が遠のいていたんですよね。でも、最近は新しい従業員さんを雇ってるし、活気づいてるから、寄ってみようかと思って」

そう言って店に入って来たのは、幼い頃に稲荷書店にやって来て、おこづかいで図鑑を買ったという若い男性だった。

「ああ、駿介君かい？　大きくなったね」

お爺さんが男性の名前を当てると、駿介さんはくしゃっと笑顔になった。

「お爺さんも息災そうで何よりですよ。風の噂では、この前倒れたとかで……」

デマだったのかな、と首を傾げる駿介さんに、お爺さんは首を横に振った。

「どうも、持病の調子がよくないみたいでね。今は薬を貰って静養中なんだ」

「それは……。ご自愛なさって下さいね」

駿介さんは、お爺さんに労わるような表情を向ける。

やはり、お爺さんは色んな人にとって必要な人なんだ。

駿介さんとお爺さんのやり取りを見ていたヨモギは、そう実感した。

だからこそ、お爺さんとこの店を守らなくては、と改めて決意をする。

「最近、じいさんは調子よさそうだな」

ヨモギと同じく、二人のやり取りを眺めていた千牧は、新刊の束を段ボール箱から出しながら言った。

「うん。お店に少しずつ出られるようになったし、それで体調が悪くなるわけでもないみたいだし。ちょっと見ただけだと、静養中に見えないよね」

ここのところ、お爺さんの肌艶は良くなっていた。食材の買い出しも、ヨモギと千牧が行っているためだ。

特に千牧は力持ちなので、お爺さんはいくらでも栄養があるものを買い込める。以前は、買って帰るだけでも難儀だったので、買い控えていたのだという。

「このまま体調がよくなって、持病も吹っ飛んで、じいさんが書店員として復活したら、この店は滅茶苦茶盛り上がるんじゃないか？」

「そうかもね。駿介さんみたいに、思い出に惹かれて来る人達もいるだろうし」

ヨモギが来る前、お爺さんは体調の悪さのせいか、ほとんど店先には立たず、店の奥に引っ込んで休憩を挟みつつ営業していたのだという。

そのせいで、外からパッと店を見ただけでは、店主であるお爺さんがいるのかどうか分からなかったそうだ。

そんな状態なので、閑古鳥が鳴いていた。そのせいで陰の気もたまり、人を寄せ辛い場所になっていたのだろう。

「お稲荷さんの本来のご利益も発揮出来なかったんだろうな。でも、ヨモギが来て、そいつが存分に発揮出来るようになったって感じか」

「まあ、お店に人がいると、お客さんも安心して入って来られるしね」

人は、人に惹かれてやって来る。そして、人が集まるところには、更に人が集まって来る。

ヨモギが少しずつ地道にお客さんを増やしたからこそ、稲荷書店にお客さんが戻って来たのだ。

「流石だな、ヨモギ。招き狐じゃないか」

千牧は、わしわしとヨモギの頭を撫でる。

「いやぁ……、千牧君が来てからは、お客さんの増え方が加速したからね。やっぱり、千牧君は安心感があるし」

そしてイケメンなので、彼を目当てにやって来る人は少なくない。

「じゃあ、俺も招き犬だな」

千牧は得意げに胸を張った。

「本職の猫がいないね……」

「猫といえば火車だけど、あいつは接客っぽくないんだよな」

どちらかというと陰の気をまとった物静かな火車を思い出し、ヨモギは苦笑する。

「目と勘がいいから、警備員だと頼りになるよね」

「いいや。そこは、俺の担当だ。番犬役を猫に譲るのは、犬としてのプライドが許さないぜ……」

「千牧君が、いつになく真剣な顔だ……」

ごくり、とヨモギは固唾を呑む。

「ヨモギ、千牧。すまないけど……」

駿介さんと話していたお爺さんは、不意にふたりを呼ぶ。

「どうしたんですか？」

「ティッシュを切らしてしまってね。手が空いた時でいいから、買い物を頼めないかな」

「分かりました。行ってきます」

ヨモギは、買い物メモとお金を受け取る。千牧は丁度、最後の新刊を並べ終えたところだった。

「今手が空いたところだし、パッと行ってパッと帰って来ようぜ」

千牧は店内を眺めながら言った。

ランチタイムが過ぎた後で、丁度、客足が途絶えている。次に混むのは、学校が終わった頃からオフィスの退勤時間にかけてだ。

「ティッシュは直ぐに必要だろうしね。行って来ようか」

「ふたりがいない間、私は留守番をしておくよ」

お爺さんに見送られながら、ヨモギと千牧は近所のスーパーまで向かう。

ふたりして買い物に出たのには、わけがあった。駿介さんとお爺さんは積もる話がありそうだったし、二人きりにしたかったのだ。

お客さんが来たとしても、お爺さんならば接客が出来る。新刊の品出しも終わったし、お爺さんの負担になるものは何もない。

予想外のことさえ、起きなければ。

「駿介さんと話してるお爺さん、楽しそうだったね」

「だなぁ。ちょうど、稲荷書店が繁盛していた頃のお客さんだろ？　ばあさんのことも思い出してるんじゃないか？」

「そうだね……」

今は亡きお爺さんの妻も、お爺さんと一緒に書店員をやっていたという。

お婆さんは器用でセンスもあり、POPを作るのが上手く、ヨモギはたまに、お婆さんが遺してくれたPOPを見本にすることがある。

そんなお婆さんの思い出話を邪魔したくない、というのもヨモギの想いだった。

「さっさとティッシュを買って、さっさと戻ろうぜ。お客さんがどっと来る前にさ。俺達ふたりで、婆さん以上に活躍してやろうぜ」

千牧は潑溂と笑いながら、力こぶなんかを作ってみせる。

「そうだね。頑張ろう」

ヨモギも微笑み返し、細い腕で懸命に力こぶを作ろうとしたのであった。

お爺さんと駿介さんは、まさにお婆さんの話題に花を咲かせていた。

お婆さんは気遣いが出来る人で、店にはいつも、季節の花の一輪挿しがあったとか、棚が乱れていたことは一度もなく、いつ直していたかすら分からないとか、お婆さんがいたのがついこの間だったかのように語っていた。

「いやぁ、駿介君のお陰で、久々に妻に会えた気がするよ」

お爺さんは、しみじみと言った。

「そうですか？　お役に立てたのなら、なによりです。奥さんには本当にお世話になっていたので、あの頃のことを、今でも昨日のことのように思い出しますよ」

駿介さんは、寂しそうに微笑む。

お爺さんは彼を家に上げ、仏壇へと案内した。駿介さんは喜んで、お婆さんのためにお線香をあげる。

「また、思い出話をしに来ていいですか？　今度は本も買います」

駿介さんは大人になっても本が好きなままで、気になる本の新刊が出る度に購入しているという。ただ、発売日をマメにチェックして早々に購入してしまうため、今は欲しい本が全て揃ってしまっているそうだ。だから、次の発売日に稲荷書店に来たいとのことだった。

「ああ、有り難う。思い出話だけでも構わないけどね。ここは、本が好きな人の場所で、駿介君の場所でもあるんだから」

「お爺さん……」

駿介さんは涙腺が緩んだのか、涙声になっていた。

二人が店に戻ると、一人の客が棚に張り付いていた。

「いらっしゃい」とお爺さんが声をかけると、その客はびくっと身体を震わせて、何故か顔をそむけた。

お爺さんは違和感を覚える。

だが、声をかけられるのが苦手な気難しい人なのかもしれない、と思ってそっとしておくことにした。

　その後、二言三言交わして、駿介さんは笑顔で帰って行った。どうやら、営業の外回りの最中だったらしい。

　ずいぶんと長居させてしまったが、仕事に支障は出ないだろうか。

　お爺さんはそんな心配をしつつ、駿介さんを見送り、店に戻ろうとした。

　その時だった。

　店内にいた客が、お爺さんを押しのけるようにして飛び出して来たのは。

「あっ……、きみ……！」

　そのまま足早に去ろうとしていた客に、お爺さんが声をあげる。すると、客は急に走り出した。

　万引きだ。

　お爺さんは、店に戻ろうとしたその一瞬で、客を装っていた万引き犯が棚から本を抜き取り、鞄の中に放り込むのを見ていたのだ。

「待て！」

　お爺さんは、とっさに走り出した。

　万引き犯を捕まえなくてはいけない。その一心で、無我夢中で神田の街を駆ける。

　万引き犯はぎょっとして、路地を何度も曲がりながらお爺さんを撒こうとした。

だが、お爺さんには土地勘がある。

万引き犯の姿が視界から消えても、何処に向かったのか予想がついた。どんなに引き離されても、近道を使って距離を縮めることが出来た。

「待てぇ！」

お爺さんはありったけの声をあげる。

声は嗄れていたが、凄味は衰えなかった。

お爺さんは、何が何でも万引き犯を捕まえたかった。そのためには、自分がどうなってもいいと思っていた。

本が売れても、その売り上げがそのまま書店のものになるわけではない。本の定価の中には、出版社や取次会社の取り分が含まれている。

だから、本一冊が失われれば、その損失を補填するために何冊も本を売らなくてはいけない。もしくは、何冊も売った分が無駄になってしまう。

お爺さんにはそれが耐えられなかった。

ヨモギと千牧が毎日のように店に立ち、お客さんに明るい笑顔を振りまき、時に工夫をしたり戦略を練ったり、テラの力を借りたりして立てた売り上げを、こんなところで踏みにじられたくないと思っていた。

「本を、返しなさい！」

お爺さんは、足がもつれても前に進むのをやめなかった。足の感覚はもう、あやふやになっていた。

心臓がバクバクと鳴っているが、走るのをやめられなかった。

そのまま爆発するんじゃないかとも思ったが、そうなる前に、万引き犯を捕まえられればいいとすら思っていた。

「本を……！」

返せ、という言葉すら、喉（のど）が嗄れて出て来ない。

やがて、足のもつれのせいで倒れそうになり、万引き犯の背中が遠くなる。

それでも逃がすまいと、届かない手を伸ばそうとしたその時――。

「ワンワン！」

牙（きば）を剝（む）いた大きな秋田犬が、お爺さんの背後から万引き犯に襲い掛かった。

千牧だ。

地面に転がりそうになったお爺さんを、ヨモギの小さな身体が支える。

「ヨモギ、千牧……！」

「店に戻ったら、お爺さんがいなくて……。お爺さんを探していたら、声が聞こえて来たので……！」

ヨモギは、ぎゅっとお爺さんを抱きしめる。小さな身体だったが、温かいな、とお爺さんは思った。

万引き犯は千牧に取り押さえられて、首根っこを噛まれたまま引きずられてくる。

「は、放してくれ！　本は返す、返すから！」

万引き犯は、痩せ細った男性だった。

彼はわめきながら、早口で事情を説明する。

まず、自分は病気だということ。そのせいで働けないということ。だから、物を転売することでしか生活費が稼げないということを。

男が盗んだのは、入手困難だとされていた人気の本だ。需要が高過ぎて重版をしても追いつかず、書店の何処も在庫切れというものだった。フリマサイトで高額取引されているという話は、お客さんから聞いていた。

稲荷書店には、たまたま先日、一冊だけ入荷したのだ。

入荷前、その本を探して稲荷書店に来たお客さんが何人もいることを、お爺さんは知っていた。在庫が一冊しかないので、その中の誰かか、それとも、新しく来た誰かのうちの一人しか笑顔になれないのだということを、お爺さんは申し訳なく思っていた。

だが、その誰かが笑顔になれることは、幸福だとも思っていた。

それが、まさか万引き犯に狙われて、あまつさえ、売り払われようとしていたなんて。

男の話が、何処から何処まで本当なのかは分からない。慣れた様子だったし、病気というのは捕まった時に使う口実なのかもしれないと思った。

しかし、この落胆だけは本物だ。

お爺さんの心臓は未だに、早鐘のように鳴っていた。落ち着くどころか、脈動が徐々に大きくなっているような気がする。

口から心臓が飛び出そうな気分になりながらも、お爺さんはぐっとこらえて、地面に転がされている万引き犯に向き合った。

「君の生活が困窮しているのは分かった。だからと言って、他人の物を奪ってはいけないよ。人のものを盗むことは、窃盗であり犯罪だ」

お爺さんは、努めて穏やかに、男を諭すように言った。

「本は、それに関わった人達の努力と英知と、希望の結晶だ。その本だけじゃなく、書店にある本は全てそうだ。本が然るべき手段で受け渡されれば――、すなわち、ちゃんと売れればみんなが幸せになれる。でも、奪われてしまったら、みんなが不幸になる。君は、大勢の不幸と向き合えるのかい？」

ヨモギと千牧は、黙って聞いていた。

男は、大勢の不幸と言われて、急に怯えたように萎縮し始めた。

「そ、それは……」

「本を返しなさい。そうすれば、私は君を通報しない」

お爺さんの言葉に、その場の全員が目を丸くする。

「い、いいのかよ、じいさん！」

千牧は、自分が犬の姿をしていることも忘れて声をあげる。ヨモギもまた、心配そうにお爺さんと万引き犯を交互に見つめていた。

お爺さんは、「いいんだ」と頷いた。

「ただし、私は自首を望むよ。自らのしたことを省みて、然るべき場所へと行くべきだと思う。それに、本当に困窮しているのならば、国の制度がある程度助けになるはずだ。私も困窮していた時は、お世話になったからね」

しばらくの間、自問自答するかのように沈黙していた万引き犯は、そろりと本をお爺さんに差し出す。お爺さんはそれを受け取ろうとしたが、手が上手く上がらなかった。

おかしいな、と思っているうちに、ヨモギが代わりに受け取ってくれる。

「返してくれて、有り難う」

「い、いいえ。その、お礼を言われる立場じゃあ……」

万引き犯は、すっかり恐縮していた。

罪から逃れたいから、本を返すというわけではないように見えた。彼なりに、感じるものがあったのだろうか。

万引きをした男は、まだ若い。やり直しも出来るだろうし、可能なら真っ当な道を進んで欲しい。

道は険しいかもしれないけれど、真っ当な道にいれば、幸福も素直に味わえる。道から外れたことをしていては、どんな幸運を手に入れても、後ろめたさのせいで幸福にはなれないだろうから。

出来ることなら、みんなが幸せになれるといい。自分は、その手助けが出来たらいい。自分は本に沢山幸福にして貰ったから、今度は、本で人々を幸福にする手助けをしたい。

それが、亡き妻への手向けにもなるから。

お爺さんは、万引き犯が口をパクパクさせているのに気付いた。彼は何かを訴えているようだったが、何故か耳に届かなかった。

その代わりに、心臓の音が響いていた。頭の中まで響く心音のせいで、頭が割れるように痛い。

それなのに、心は何故か穏やかだった。

本を取り戻した達成感か、男が改心しそうだという満足感からか、それとも、親しく愛おしいもの達がそばにいてくれているせいか。

「お爺さん！」

「じいさん！」

ヨモギと千牧の声だけが、よく聞こえた。

しかし、お爺さんの身体は大きくぐらつき、力なく地面へと倒れ込んだのであった。

心臓に負担をかけ過ぎた。

お爺さんが救急車で運ばれた先で、お医者さんがそう言って渋面を作った。

原因は、全速力で万引き犯を追ったことに他ならなかった。疾走するお爺さんの姿を見て、ヨモギと千牧も驚いたほどだ。

お爺さんの弱った身体の、何処にそんな力が眠っていたのか。

それほどの力を発揮してしまったため、お爺さんの病状は急速に悪化した。

「我々も手を尽くしますが、今晩が峠ですね……」

お医者さんはずっと、難しい顔をしていた。

何とかしたいという気持ちは、ひしひしと伝わって来た。だが、それも難しいということも伝わる。

ヨモギと千牧が病室に通された時、お爺さんは色んな機械を取り付けられて、無機質な彼らに見守られながら横たわっていた。

あんなに良かった顔色が、今は真っ白になっている。心拍数を数えていると思しき機械は、お爺さんの心臓はゆっくりと脈打っていることを教えてくれた。

お爺さんが気を失った時、ヨモギは素早く救急車を呼んだ。一方、万引き犯は逃げずに付き添ってくれていた。

彼は自分のせいでお爺さんが倒れたことに怯えていたが、救急車が到着してお爺さんを運び込む時、「店主さんに、ごめんなさいと伝えて下さい」と言って、自首するために警察へと向かった。

彼はきっと、更生の道を歩んでくれるだろう。警察へと向かう彼は、憑き物が落ちたような顔をしていたから。

それよりも今は、お爺さんだ。

「じいさん……」

千牧は耳を伏せんばかりに、悲しそうな顔でお爺さんへと歩み寄った。

ヨモギもまた、お爺さんの手にそっと触れる。すると、ビックリするほど冷たくて、胸が締め付けられるほど固くなっていた。

あんなに温かくて、優しい感触だったのに。

ずっとこのままだったらどうしよう。それどころか、もっと冷たく固くなってしまって、動かなくなってしまったら。

ヨモギの視界がうっすらとぼやける。涙が、込み上げてきたせいだ。

「ぐすっ……」

泣いていてもしょうがないと思うものの、涙は次から次へと溢れ出して止まらない。ヨモギの涙はシーツに幾つもの染みを作った。

「じいさん、頑張れよ。ヨモギが泣いてるぞ！」

お爺さんに声をかける千牧の声もまた、震えていた。彼も不安で仕方がないのだ。

ヨモギは涙を振り切るように頭を振って、お爺さんのベッドを後にした。

「ヨモギ、何処に行くんだ？」

「ちょっとだけ、お店に戻る……。鍵をかけてなかった気がするから……」

ヨモギは表情を隠すかのように、振り返らずに答えた。

「……無理すんなよ」

千牧はヨモギの心境を悟ってか、背中に労わりの声をかけてくれる。「千牧君もね……」とヨモギは涙声で応じた。

それから、ヨモギは走って稲荷書店へと向かった。

どうして、このタイミングでお爺さんが倒れなくてはいけないのか。

もしあの時、自分達が買い物に行かなかったとしたら、万引き犯は来なかったかもしれない。番犬としての誇りを大事にしている千牧が常に目を光らせていたので、ここのところ万引きの被害は見られなかった。

だが、後悔しても遅い。

今、この状態を、どうにかするしかない。

お爺さんは峠を乗り越えられるだろうか。乗り越えて欲しいと願うが、それは難しいとも思っていた。

お医者さんのあんな顔、初めて見たからである。それに、お爺さんに繋がっている機械も圧倒されるほどに多かった。きっと峠は険しく、越えるのが困難なのだろう。

越えられなかったらどうなるのか。

その時は、お爺さんは死んでしまう。

「いやだ……」

死。

その一文字が、ヨモギに焦燥感を募らせる。絶望感が津波のように襲い掛かり、ヨモギは溺れまいと必死に藻掻く。

いつかは来ると思っていたその時が、こんな風に前触れもなく訪れるなんて。

しかも、こんなにすぐやって来るなんて。

「絶対に嫌だ……！」

体調を気にして店を閉めようかと言っていたお爺さんが、前向きに頑張ろうとしているのに、その機会を奪われるなんて。

「ひどすぎる。どうしてお爺さんが、そんな目に遭わなきゃいけないんだ！　あんなに善良に真っ直ぐ生きている人が、慎ましやかな願いすら叶えられないなんて！」

気付いた時には、ヨモギは叫んでいた。

濁流のような感情が胸に渦巻いていた。お爺さんの巡り合わせを呪い、つけ入るようにやって来る不幸を恨んでいた。

そんなヨモギが辿り着いたのは、稲荷書店きつね堂の敷地内にある、お稲荷さんの祠だった。

——なんて顔をしているんだ。

兄のカシワは、ヨモギを心配そうに見つめていた。

ヨモギの顔は涙でぐしゃぐしゃだった。そして、お爺さんの不遇への怒りで歪められていた。

「ごめんなさい……。どうしても、気持ちが抑えられなくて」

——お爺さんに何があったのか、稲荷神さまのネットワークで何となく知ってる。俺も、何か出来ないかと考えていたところだ。

それにしても、とカシワは続けた。

——あの純真無垢なお前が、そんな、人間みたいな顔をするなんてな。

「人間みたいな顔……？」

——人間はしばしば、制御出来ない負の感情に呑まれることがある。お前は、そういう顔をしているよ。

ヨモギは慌てて、稲荷書店の窓ガラスに映った自分の顔を見た。

カシワが言うように、無垢だった顔は剝き出しの憎悪に歪められている。零した涙は、悔し涙にしか見えなかった。

ヨモギは慌てて、手でごしごしと涙を拭い、自らの頰を叩いて歪んだ表情を柔らかくしようと努めた。

「僕も、こんな気持ちは初めてなんだ……。お爺さんは人のために頑張ろうとしているのに、それがなかなか上手くいかない。その巡り合わせが、今はこうして、お爺さんの可能性を全て奪おうとしている。それが、赦せなくて」

——お前も、誰かのために何かに怒れるようになったんだな。

石像の狛狐であるカシワは、慈しみと一握りの寂しさを湛えながらヨモギを見つめていた。

——世の中なんて、理不尽なものだ。悪いことをしたからって、相応に裁かれるとは限らない。悪いことをしたまま逃げきっちまうやつもいる。逆に、お爺さんみたいに人のためを想っているのに、巡り合わせが悪い人もいる。

「どうしてなんだろうね……」

——そういうもんなんだ。世の中の流れなんて、完璧じゃない。でも、俺達はほんの少し、その流れを変えることが出来る。

だから、化け狸の菖蒲は、ご利益を使って商売をしていた。ヨモギもまた、お爺さんが貯めたご利益でお爺さんを助けるべく、人間の姿になれたのだ。

「兄ちゃん。僕はどうなってもいい。だから、また、お爺さんにチャンスをあげたいんだ。お爺さんの物語を、満足な状態で終わらせたいんだ！」

お爺さんは、まだまだ自分の人生という物語の続きを紡ぎたがっていた。それによって、他人の物語が少しでも良くなることを望んでいた。

ヨモギはその望み全てを、叶えてあげたかった。

お爺さんのそばにいて、お爺さんの温かさに触れて、お爺さんから色々なことを学んだからこそ、力になりたかった。

――そうなると多分、ご利益を全部使うことになる。

「それでもいいよ」

ヨモギは迷うそぶりを見せなかった。

――お前、ご利益を全部使ったら、また、石像の狛狐に戻るんだぞ。お爺さんを手伝えなくなるし、仲間と書店員をやれなくなるんだぞ？

考え直せと言わんばかりに、カシワはまくし立てた。だが、ヨモギは頭を振るだけだった。

「そうしないとお爺さんが救えないのならば、そうするしかないよ。お爺さんが峠を越えられなければ、稲荷書店だってなくなっちゃうし。僕は、お爺さんのために人間の姿になったんだから」

――でも、ご利益が少しでも残っていたら、お爺さんの遺言を果たすことが出来るかもしれない。

カシワは提案する。

お爺さんのために人間の姿になったヨモギは、お爺さんが遺した願望を叶えるために人間の姿で居続けられるかもしれないという。お爺さんが稲荷書店の存続を望めば、ヨモギは残りのご利益が尽きるまで、稲荷書店の書店員を続けられる。

しかし、ヨモギが頷くことはなかった。

「稲荷書店に、お爺さんがいなかったら意味がないから」

稲荷書店は、お爺さんとお婆さんの思い出が詰まった店だ。

ヨモギは、お婆さんのことをあまり知らない。お爺さんが欠けたら、お婆さんの思い出も欠けてしまう。

――そうか。決意は固いんだな。

カシワは、諦めたように溜息を吐いた。

「ごめんね、兄ちゃん」

――謝るな。弟のことを尊重するのが兄の役目だ。それに俺も、お爺さんにいなくなって欲しくない。

カシワはきっぱりとそう言って、道を譲るように気配を消す。

その途端、目の前の祠から、圧倒的でいて、包み込むような気配が溢れ出した。

「い、稲荷神さま……」

それはまさしく、ヨモギが感じたことがある気配であり、敬うべき存在であった。

「――ヨモギ、そなたの願いを聞き届けた」

透き通るような女性の声だ。威厳と温もりに満ちたその声に、ヨモギは自然と首を垂れる。

「カシワの言うとおり、この祠に積まれた徳が遺った時、そなたに少しだけ時間をやるつもりでもいた。それが、あの者の願いを叶えることになるなら、と」

お爺さんがヨモギに稲荷書店を託したいという願いを持っているのならば、お爺さん亡き後でもお爺さんの願望を叶えるつもりだったらしい。

それもまた、お爺さんが喜ぶことなのではないかとヨモギは思った。

しかし、ヨモギが望むことではなかった。千牧だって、駿介さんのような人だって、お爺さんと別れたくないと思っているに違いないと感じていた。

「稲荷書店はみんなの場所であり、お爺さんがいてこそ成り立つ場所です。だから、僕はお爺さんに生きていて欲しいんです」

「それではまるで、そなたの願いを叶えるようなものだな」

稲荷神に言われ、ヨモギはハッとした。しかし、願いを曲げようとは思わなかった。

「すいません……。さもしいかもしれませんが、僕の道はそれ以外にないと思っています」

「そなたを人間の姿にしているご利益も全て使い、あの者を助けたい――と？」

「はい」

ヨモギは真っ直ぐに、祠を見据える。

その胸から、あの濁流のような感情は消え去っていた。ただ、お爺さんを助けたいという気持ちだけが、蒼天のように広がっていた。

祠は淡い光に包まれていた。

小さな鳥居の向こうには、烏羽玉の黒髪の、美しくたおやかな女神が見えたような気がした。

「それでは、そなたにご利益の全てを使って、黄泉の世界から魂を導ける力を授けよう。その代わり、そなたへ与えていたご利益も尽きて、狛狐の白狐にもどってしまうだろう」

「分かりました」

そう答えた瞬間、ヨモギの身体は、まばゆい光に包まれる。

とても温かかった。お爺さんが積んだ徳がご利益となり、ヨモギの身体を覆っているのだと分かった。

大丈夫。もう、覚悟は出来た。

また、石像に戻るだけだ。何十年もそうして来たのだから、今更、嫌だという感情はない。

だけど、書店員として本を並べて、人に薦めて、時に世知辛い世間に涙しつつも前を向いて頑張ることは、もう出来ないのか。

千牧とお客さんをもてなし、テラと経理作業をして、菖蒲が会社を作るのを見届け、時折、火車とばったり出くわして世間話をすることもないのか。兎内さんが作るミニコミ誌を並べることも、もう出来なくなってしまうのか。

「書店員、まだ続けたかったな……」

不意に、そんな言葉が漏れた。

ヨモギは慌てて口を噤む。今のは、一体何だったのか。

――ヨモギ、それもきっと、お前の本音なんだよ。

黙って成り行きを見ていたカシワが、ぽつりと言った。

「僕の、本音……」

ヨモギもまた、書店員として自分の物語を紡ぎ続けたかった。

お爺さん達と一緒に、本と人の縁を繋ぐ仕事をしたかった。そして、次の世代へと物語を託す仕事をやり続けたかった。本を求めて来る大勢の人をもてなし、交流し、様々な人の物語を知りたかった。

自然と涙が零れる。

だが、ヨモギはそんな気持ちを押し殺し、自分に向けられたご利益を、ただ黙って受け取っていたのであった。

太陽が西の空に沈む。

空に昼と夜が混じり合う中、ヨモギは病室に戻って来た。

病室では、千牧がお爺さんを見守っていた。千牧が手にしたお爺さんの携帯端末の中から、テラも心配そうに眺めている。

「よお、おかえり」

千牧はヨモギを迎える。いつもなら笑顔を寄こすのだが、今日はしょぼくれた顔しか出来ないようだった。

「ごめんね、遅くなって」

「別にいいって。鍵をかける以外にも、何かして来たんだろ？」

「うん。どっちかというと、これからするところ」

ヨモギは、ベッドの上のお爺さんのもとへとやって来る。

お爺さんの胸は辛うじて上下しているが、瞼はピクリとも動かなかった。

「どうする気だ？」

千牧は不思議そうに問う。

だが、彼も気付いていた。ヨモギの身体が、未だかつてないほど力で溢れているのを。

「お爺さんを呼び戻す。お爺さんは今、急速に彼岸へ引き寄せられているみたい。だから、手を引っ張ってこっち側に呼び戻すんだ。そうすれば、目が覚めるから」

「手を引っ張るって言ったって……」

「大丈夫。僕が行く」

ヨモギの覚悟を決めた顔に、千牧もテラも、息を呑んだ。

「それって、どういう……」

ヨモギは千牧の問いに答えずに、お爺さんの手を静かに取った。そして、千牧とテラにそっと微笑む。

「みんな、今までありがとう。お爺さんを、宜しくね」

「ばか。別れの挨拶みたいじゃんか」

『そうだよ。君らしくもない』

千牧とテラの言葉に、ヨモギは困ったように笑い返す。それを見た千牧の顔は、さっと青ざめた。

「おい、まさか……」

「お爺さんが無事に峠を越えられるように、祈ってて」

誰に祈るのだろうか、とヨモギは自らに問う。お稲荷さんか、それともお爺さん自身か。

いいや、寧ろ、上手くいくように励まして欲しいのかもしれない。

ヨモギはお爺さんの手を自らの額に当て、意識を集中させる。

「おい、ヨモギ、ヨモギ！」

千牧がヨモギを止めようと手を伸ばす。

だが、遅かった。

ヨモギはまばゆい光に包まれ、お爺さんの中に吸い込まれるように消える。

ごろん、と重々しい音が病室に響いた。

「ヨモギ……」

『そんな……』

ヨモギがいた場所には、小さな石像の狛狐が転がっていた。その狛狐は何も語らず、ただ無表情で虚空を見つめているだけだった。


空気は少しひんやりとしていた。

お爺さんは、どうしてだろうと思っていたが、すぐに合点がいった。近くに、川が流れていたからだ。

流れはそれなりに速く、水は真っ黒だった。

だが、不思議と恐ろしいという気持ちはなく、穏やかで懐かしいような心地があり、その川を渡るべきなんだろうなと薄々感じていた。

周囲はうっすらと霧に覆われている。

木々も並んでいるが、どれも葉をつけていない枯れ木だった。家は見当たらず、何処まで行っても同じような風景が続いているように見えた。

やけに寂しい場所だ。

川原はゴロゴロした石が無数に落ちていて、時折、積み重ねられて作られた塚がある。

その向こうには、埠頭(ふとう)があった。木で作られた船を、真っ黒な布を被(かぶ)った船頭が漕(こ)いでいる。

お爺さんはポケットを探ったが、お金は持っていなかった。渡し賃がないならば、あの船は使えないな、と本能的に思った。

「乗船したとしても、本がないとなぁ」

お爺さんは、ぼんやりと言った。

電車に乗る時も、船に乗る時も、本は必ず傍らに置いていた。

日常の中で本を読むのもいいのだが、非日常の中で読むのもまた、感じ方が違って楽しいのだ。

本屋はないだろうか、と辺りを見回した時、ふと、対岸に目につくものがあった。

「あれは……」

石と枯れ木ばかりのこちら側とは違って、対岸は美しい自然に溢れて草花が生い茂っていた。

極彩色の花畑の真ん中で、美しい女性が山積みになった本を楽しそうに読んでいた。

その穏やかな表情は観音様のようだったが、お爺さんは女性の顔に見覚えがあった。

「春江！」

お爺さんは叫んだ。妻の名前だ。

そこにいたのは、長年連れ添い、ともに稲荷書店きつね堂を営み、ともに年を取ってお婆さんとなったはずの妻だった。

「辰雄さん」

若くなったお婆さんは、本から顔を上げてお爺さんの名前を呼んだ。驚いたような、嬉しそうな顔をした後に、少しだけ寂しげに微笑んだ。

「あなたも、こちら側に来たのですね」

「春江、今行くから！」

お爺さんはいつの間にか、若い姿になっていた。身体には力がみなぎり、川も泳いで渡れそうだと思った。

準備体操をして、腕まくりをして、いざ、川に入ろうとしたその時、お爺さんの身体は動かなくなった。

「な……っ」

「あなたはまだ、川を渡ってはいけません。あなたの物語は、まだ終わっていないのですよ」

お婆さんは諭すように微笑む。

その視線の先は、お爺さんの背後にあった。

「あっ……」

お爺さんの足に、小さな男の子がしがみついていた。

頭から狐の耳をぴょこんと生やし、フサフサの尻尾(しっぽ)を揺らすその男の子に、お爺さんは見覚えがあった。

「ヨモギ……」

「お爺さん、三途(さんず)の川を渡ってはいけません！　そこを渡ったら、二度と稲荷書店には戻って来られないんですよ！」

お爺さんは困ったように、ヨモギとお婆さんを交互に見やる。

それを見て、お婆さんは深々と頷いた。

「その子の言う通りです。こちら側は、物語を終えてしまった者の領域ですから」

お婆さんは本を閉じ、お爺さんと向き合う。

「あなたにはまだ、自分の物語がある。だから、帰ってその続きを紡いで下さい」

「だが……」

名残惜しそうなお爺さんに、お婆さんは凛とした声で言った。

「私も、あなたの物語を最後まで見守っていたいのです。全部やり遂げて、笑顔で完結出来るその日まで」

「春江……」

お爺さんは、踏み出そうとしていた足を引っ込める。そして、必死にしがみついていたヨモギの頭を、そっと撫でた。

「そうか。ここは三途の川だったのか……。ヨモギも、こんなところまで私を迎えに来てくれたんだね」

「お爺さんの書店を続けたいという願いを、叶えたいと思ったので。ただ、ご利益は全部使い果たしちゃいましたけど……」

申し訳なさそうにうつむくヨモギに、「いいんだ」とお爺さんは言った。

「ご利益がなくても、みんながいればやっていけるさ。それに、生きている限り、徳はまた積めるものだからね」

みんながいれば。

そう言われたヨモギは、嬉しそうでいて、寂しそうな顔をする。だが、その表情の真意を問う前に、ヨモギがお爺さんの手を引っ張った。

「さあ、帰りましょう。帰り道はこっちです」

「ああ。千牧もテラ君も、心配しているだろうし」

お爺さんは踵を返すその前に、再び、対岸のお婆さんを見つめた。

お婆さんは安堵したような表情で、二人を見送っている。

「春江」

「なんです、辰雄さん」

「お前の物語は終わったと言っていたが、私が続きを紡ぐよ。お前の分まで生きて、お前のことを想うことで。生きていて思い出す者がいれば、彼岸に渡った者の物語は続くのだから」

「辰雄さん……」

お婆さんは、双眸を潤ませながらお爺さんの言葉を聞いていた。着物の袖で涙をそっと拭うと、晴れやかな笑みをお爺さんに向ける。

「あなたが紡いでくれる物語、楽しみにしていますね。私はここで、あなたが好きそうな本を選んでおきますから」

お婆さんの横に積まれた本の山はいくつかあった。

そのうちの一山を、お爺さんに指し示す。お婆さんは彼岸に渡ってから、ずっと、お爺さんが好きそうな本を選んでいたのだ。

「それなら、次にここに来る時も楽しみだ。だが、出来るだけ先延ばしにした方が、お前が選んでくれた本が増えるかな」

「ふふっ、そうですね」

お婆さんは悪戯（いたずら）っぽく微笑む。

三途の川を経て、二人は視線を絡ませ合い、やがて、名残惜しそうに解（ほど）いた。

お爺さんは、ヨモギとともに元来た道を戻ろうとする。

ヨモギはお婆さんの方を見て、ぺこりと頭を下げた。お婆さんもまた、「その人を宜しくね」とヨモギを見送ってくれた。

川原から離れると、三途の川は一瞬にして霧に包まれた。彼岸もお婆さんの姿も見えなくなってしまったが、お爺さんはヨモギとともに歩き続けた。

やがて、枯れた木ばかりの森に入り、急な上り勾配（こうばい）の山道を歩くことになった。

お爺さんの姿は、いつの間にか老人に戻っていたが、弱音の一つも吐かずに歩き続けた。

空はどんよりと曇っていて、山道は薄暗かったが、ヨモギの毛並みが淡く輝くので、道を見失うことはなかった。

「この先で、みんなが待っているのかい?」

「はい。峠を越えられれば、みんなに会えます」

ヨモギは真剣な眼差し(まなざ)で前を向き、お爺さんの手をしっかりと握りながらずんずんと進む。

ヨモギの力強い案内のお陰で、お爺さんの老体でも坂道を歩くことが出来た。きっと一人では、越えられなかっただろう。

「すまないね。手間をかけさせて」

「そんなことないです。お爺さんは、本を守ってくれようとしたんですもんね」

「そうだね。ヨモギ達があんなに頑張って本を売ってくれたのに、その利益を無駄にしたくはなかったんだ。それに、あの一冊があれば、それだけで笑顔になる人だっている」

ヨモギは、「そうですね」と深々と頷き、万引き犯の処遇について話した。

彼が本当に警察署に行ったのか心配になったヨモギであったが、再び病院に向かう時に、近所の交番にて沈痛な面持ちでお巡りさんと話している万引き犯を見つけた。

「彼がこれ以上罪を重ねないのならば、それでいい。これ以上、人の笑顔を奪ってはいけないし、彼自身も辛くなるだろうからね」

「ええ、本当に。でも——」

「でも？」

お爺さんが尋ね返すと、ヨモギは不貞腐れたように言った。

「お爺さんも、次は無理をしないで下さいね。今回は本当に、ダメかと思いました」

「はは……、それについては本当にすまなかったと思うよ」

気付いた時には、山道は下り勾配になっていた。ひたすら続く道の先に、夜明けの空のような光が窺える。

「でも、ヨモギがこうして迎えに来てくれたんだ」

「僕は……」

平坦な地面になり、道が途切れたところで、ヨモギは立ち止まる。あと一歩で、曙の光の中に入れるというところだった。

「僕はここで、お別れです」

「ヨモギ？」

「僕が人間の姿になるためのご利益も使ったので、僕は元に戻るんですよ」

ヨモギは、困ったように微笑む。

そのつま先や指先は、うっすらと光に透けていた。光が少しずつ彼を蝕み、徐々に存在を曖昧にしていく。

「心配しないで下さい。元通りになるだけですから。僕は以前のように、兄と一緒に祠を守っています。だから、稲荷書店のことを教えに来てくれると嬉しいです」

ヨモギは、悟りきった笑みをお爺さんへと向けた。

だが――。

「駄目だ！」

お爺さんは、そんなヨモギを抱きしめた。ヨモギはびっくりしたように目を見開く。

「ヨモギがいなくては、稲荷書店は成り立たない……！」

「で、でも、千牧君もテラ君もいますし……」

「ヨモギだって、稲荷書店の大事な書店員だ」

お爺さんは、ヨモギを離すまいと抱きすくめる。ヨモギもまた、震える手をお爺さんの背中に回した。

「大事な書店員だし、大事な家族だ……！　我が儘だというのは分かっている。だが、ヨモギを喪いたくない……！」

お爺さんの声は、濡れていた。気付いた時には、しわしわの頬に涙が伝っていた。

お爺さんの涙が、ヨモギの頬を濡らす。ヨモギもまた、お爺さんの胸に顔を埋め、声を押し殺すように泣いていた。

「僕も……もっと書店員として働きたい……です……！　みんなの家族として……お客さんと本の縁を紡ぎたい……！」

現世に繋がる曙の光を浴びながら、ふたりはしっかりと抱き合っていた。お互いを、離さないようにと。

しかし、お爺さんの腕の中で、ヨモギの感触が徐々に曖昧なものになっていく。掬（すく）おうとしても零れてしまう水のように、ヨモギの存在が喪われようとしていた。

その時だった。

——ヨモギ！

曙の光の中から、ヨモギを呼ぶ声が聞こえたような気がした。

光の向こうに、涙と鼻水で顔をぐしゃぐしゃにした千牧と、歯痒（はがゆ）そうにしているテラの姿が見えた。

「ふたりとも……」

石像になったヨモギを囲みながら、彼の名を呼んでいるのだろう。

それに重なるように、新刊書店で働く三谷の姿があった。

彼は棚の補充をしながら、「ヨモギも今頃、頑張ってんのかな」と呟いていた。同じ書店員として、ヨモギを応援しているようだった。

そこに、兎内さんの姿も重なる。

彼女はオフィスでパソコンに齧（かじ）りつきながら、時計をしきりに気にしていた。「早く仕事が終わらないかな。ヨモギ君に、新しいミニコミ誌を見せたいのに」という声が聞こえた。彼女は書店員としてのヨモギを頼りにしていて、そんな彼に自分の作品を一番に見て貰いたいと思っていた。

他にも、鶴見さんや鷹野さんや、今まで会った人達がヨモギのことを考えていた。ヨモギに会いに稲荷書店に行こうと思っていた。

菖蒲もまた、仲間達とミーティングをしながらヨモギのことを想っていた。

路地を歩いている火車も、ふと、空を見上げてヨモギのことを思い出している。

「みんな……」

薄れていたヨモギの身体が、不意に、鮮明なものになる。ヨモギもお爺さんも、ビックリしてその様子を見つめていた。

「どうして……？」

「それは、『書店員のヨモギ』がみんなの心に根付いていたからだろうな」

第三者の声に、ヨモギとお爺さんは目を丸くする。

曙の光の隣に、ヨモギによく似た少年が佇(たたず)んでいた。ただし、ヨモギよりも大人びた顔つきで、少しばかり背が高い。

「もしかして、兄ちゃん……？」

「カシワか……⁉」

少年の正体に気付いたのは、ヨモギもお爺さんもほぼ同時だった。

ふたりの反応に些か満足げにしつつも、カシワは続けた。

「ヨモギ」

「はいっ」

ヨモギは、ピンと背筋を伸ばす。

「『稲荷神さまの使いであるヨモギ』は、ご利益を使い果たして石像に戻ることになる。だが、どうやら浮世に住むもの達の間では、『書店員のヨモギ』の存在が大きくなっているみたいだ」

「どういうこと……？」

「俺達は概念から成り立っている存在だ。主に、浮世のものに認知されてこそ存在出来る。つまり、浮世のものに認知された存在は、新しく存在を成り立たせることが出来るんだ」

「狛狐としてのヨモギは石像になったが、『書店員のヨモギ』は書店員として存在出来る、ということ……かな？」

カシワの言葉に、お爺さんは首を傾げる。「そうです」とカシワは頷いた。

「ということは……」

「ヨモギは……」

ヨモギとお爺さんは、顔を見合わせる。

ふたりの涙に濡れた顔は、歓喜に満ちていた。

「そう。みんなの中で、書店員のヨモギが大きな存在になったから、ヨモギは書店員として再び復活出来る。ただし、稲荷神さまの使いとしてではないから、ご利益は一切使えない、普通の書店員だけど」

「それでもいい。お客さんも少しずつ増えているし、頼もしい仲間がたくさんいるから」

ヨモギは迷いなくそう言った。

お稲荷さんのご利益と、ヨモギ達の努力が実り、ようやく、軌道に乗り始めたのだ。これからは、普通の書店としてやっていけるだろう。

「でも、兄ちゃん」

「なんだよ」

ヨモギは、不安そうにカシワを見つめる。

「僕が稲荷書店の書店員として戻ったら、祠を守る役割は……」

本来は、ヨモギとカシワが一対になって祠を守っていた。ヨモギがいなくなった分、カシワはふたり分の役目を背負わされており、ヨモギが戻れば負担も減るはずだった。

だが、カシワはヨモギの頭をワシワシと撫でる。

「気にするな。お前が稲荷書店で頑張っている時、俺だってちゃんと経験を重ねていたんだ。これからは、ひとりでも守れるよ」

「兄ちゃん……」

「ただし、今まで通り、ちゃんと顔を見せに来いよ。そうじゃないと、兄ちゃんは拗ねちゃうからな」

「もちろん行くよ！」

ヨモギは目を見開いて宣言する。

「雨や霰が降っても、台風の時も！」

「いや、台風や霰の時は家にいてくれ。頼むから」

カシワはやんわりとそう言った。

「私も、これからも世話をさせて貰うよ。ヨモギと一緒に、毎朝、カシワに会いに行こう」

お爺さんは、カシワの頭をそっと撫でる。カシワは嬉しそうに目を細め、すり寄るように頭を預けた。

「有り難う御座います。祠を守ることは出来るけど、手入れまでは出来なくて。俺も、お爺さんには会いたいですし」

「ああ。カシワも大事な家族だからね」

家族、と言われたカシワは、感極まったように表情が緩む。だが、頬を叩いて何とか引き締めた。

「あ、でも、霰や台風の時は、本っっっ当に家にいて下さいね。俺達みたいな概念的な存在は、物理的な衝撃はそれほどの致命傷にならないですけど、お爺さんが怪我をしたら、本当に大変なので……」

カシワは、念を押すように言った。心配そうな様子に、お爺さんとヨモギは揃って苦笑した。

そうしているうちに、曙の光が一層眩しく輝き出す。もはや、ご来光を直に浴びているようだった。

「さあ、行って。ふたりとも、居るべき場所に」

カシワは、ヨモギとお爺さんの背中を押す。ふたりは光の中に足を踏み入れながら、カシワに向けて叫んだ。

「有り難う、カシワ。また向こうで会おう！」

「兄ちゃん、これからは稲荷書店の書店員として、祠を守るからね！」

そんなふたりを、カシワは手を振って見送っていた。やがて彼の姿は光に溶けて、視界は真っ白になったのであった。

「ヨモギ！」

千牧の声で、ヨモギは目が覚める。

視界に映ったのは、病室の天井だった。

「僕は……」

ヨモギは仰向けになって倒れていた。自分の手をそろりと見つめるが、そこにあったのは人間の少年の手だった。

「よもぎぃぃぃ！」

「ぐえっ！」

目覚めたヨモギに、千牧が体当たり――ではなく、抱きついて来る。

千牧は再会を喜んでいるようだが、言葉にならずに遠吠えのように泣いていた。

ヨモギは、そんな千牧の頭をぽんぽんと撫でてやる。千牧が手にした携帯端末の中では、テラが勝手にカメラ機能を立ち上げて、そんな様子を撮影していた。

『またキミに会えて、本当に良かった。石像になってしまった時は、どうしたものかと思ったけど』

「うん……。みんなのお陰で、戻ってくることが出来たみたい」

ヨモギが起き上がろうとすると、手をついた場所に、ごろんとしたものが横たわっていた。

「これは……」

石で出来た狛狐だった。

それこそまさに、本来のヨモギの姿だった。

「そうか。僕はもう、稲荷神さまの使いじゃないから……」

再び人間の姿に戻ったというよりは、新しい存在として今の姿が成り立っているのだ。

お稲荷さんの使いとしての記憶は引き継がれているけれど、以前の自分とは切り離された存在なんだな、と石の狛狐を撫でる。

「……なんか、べたべたしてるんだけど」

『それは千牧君の鼻水だね』

テラはさらりと暴露する。

「ううう、ごめんな、ヨモギ……。あとでちゃんと、洗ってやるから……！」

「い、いいよ。僕を心配してくれたからだよね。自分の身体だし、僕が洗うから」

千牧が抱きついたせいで、ヨモギの肩口も既に鼻水と涙に濡れていた。帰ったら石像の自分もろとも丸洗いかな、とヨモギは苦笑する。

「そうだ、お爺さんは！」

ヨモギはベッドに飛び付き、お爺さんの顔を覗き込む。

すると、あれだけ真っ白だった顔に、赤みが戻っていた。

「う……ヨモギ……」

お爺さんは呻き声をあげながらも、重い瞼をゆっくりと開く。それを見ていたヨモギと千牧から、自然と笑みが零れた。

「じいさん！」

千牧は思わず抱きつきそうになる。

「待て！」とヨモギが慌てて叫ぶと、千牧の動きは訓練犬のようにぴたりと止まった。目覚めたとはいえ、お爺さんは機械に繋がれている身だ。力任せに抱きついたら、お爺さんの身体も機械もビックリしてしまう。

『どうやら、容体も安定しているようだね。一先ずは、峠を越えられたかな』

テラはみんなの様子を録画しながら、力強いリズムを刻み始めた心電図を見やる。

ヨモギはお医者さんを呼び、やって来たお医者さんと看護師さんは、安堵の表情を浮かべた。

どうやら無事に、峠を越えられたらしい。

お爺さんはその後、様子を見るためにとしばらく病院にいたが、徐々に機械が外されて、あっという間に退院となった。

退院の日は、晴れやかな青空が広がっていて、何処からともなく、極彩色の花弁が風に運ばれてやって来て、お爺さんを祝福していたのであった。

狛狐のヨモギは、稲荷書店の祠にカシワとともに並べておいた。

片方だけだった狛狐も、これで元通りだ。その中にあった魂は戻っていないけれど、阿叶の狛狐が欠けているよりもずっといい。

隣に狛狐が戻ってきて、カシワも安心した様子だった。

「これからは、お店の中や店先で、稲荷神さまの祠をお守りしますね」

ヨモギはお稲荷さんに深々と頭を下げ、手を合わせる。

その後頭部を、ふわりと撫でられた気がしたけれど、ヨモギが顔を上げても、午後の日差しを浴びた祠しか見当たらなかった。

「祠を守るなら、俺も手伝うからさ。番犬なら任せとけ！」

千牧はひょっこりと顔を出し、意気込んでみせる。

「ははっ、有り難う。千牧君が手伝ってくれるなら、百人力……いや、百匹力だよ」

「祠だって、爺さんの大事な財産だもんな。俺が守る領域だからさ、大船に乗ったつもりでいてくれ」

千牧の言い分に、なるほどとヨモギは合点がいく。確かに、広義では、家を守る千牧の領域でもあるのだ。

「だって、ヨモギはもう、神通力の類は使えないんだろ？」

「……そうだね」

お稲荷さんの使いではなくなったということは、お稲荷さんを通じて使えていた神通力も使えないし、狐の姿にもなれない。

「書店員のヨモギってことは、人間寄りなのかな。兎内さんを始めとするお客さんには、人間だって思われているし」

彼らの認知が、今のヨモギを生かしている。彼らが人間だと思えば、ヨモギも人間をベースにしたアヤカシになるのだ。

「ヨモギがそうやって変化したということは、あの鶴見さんっていう霊感が強いお客さんにも、正体を見破られないんじゃないか？」

「獣の気配はなくなったかもしれないけど、アヤカシであることには変わりがないからね。霊感が強い人は要注意だよ」

だが、正体がバレたからといって、ヨモギが消えてしまうわけではない。彼らや彼女らがヨモギの正体を受け入れてくれれば、まったく問題はなかった。

「まあ、敢えて正体を明かす必要もないから、今まで通り過ごすことにするよ。変に騒がれて、妙な形で有名になりたくないし」

スクープを求めてメディアの人達が押し寄せても困る。やって来て欲しいのは、本を買ってくれるお客さんなのだから。

「お客さん寄せのご利益がなくなっちゃったのは心許ないけど、昔ながらのお客さんも、新しいお客さんもついてくれたしね。これからは、地道に頑張るよ」

「だな」

千牧は頷き、店へと戻る。

ヨモギもまた、祠とカシワに一礼してからそれに続いた。

「俺は相変わらずだから、使えそうな力はバンバン使ってお客さんを呼ぶぜ。俺も稲荷書店の書店員だし」

「千牧君……」

からりとした千牧の笑顔が眩しくて、ヨモギは思わず目を細めた。

「それに、神通力なんて、長い間生きていれば自然につきますよ」

ふと割り込んできた声に、ヨモギと千牧は振り返った。

「菖蒲さん！」

そこには、背広姿の若い男性――菖蒲が立っていた。

ヨモギは思わず、菖蒲に駆け寄る。

「僕に起こったこと、知ってるんですか？」

「知ってるも何も、さっきそこで話していたじゃないですか」

菖蒲は、しれっとした顔で言った。

「なんだお前。聞き耳を立ててたのか？」

きょとんとする千牧に、「失礼な」と菖蒲は抗議した。

「耳がいいんだから、店先にいれば否(いや)が応(おう)でも聞こえてきますよ。あなただって、獣ならばそうでしょう！」

「そっか。それもそうだな！」

千牧は納得したように目を輝かせる。

その純粋な瞳を前に、菖蒲は大きな溜息を吐いた。

「これだから犬は……」

「菖蒲さんもイヌ科ですけどね……」

ヨモギは苦笑する。そんなヨモギを、菖蒲は思いっ切り睨みつけた。

「脱イヌ科勢のマウントですか？」

「脱イヌ科って何⁉　脱サラの仲間ですか⁉　っていうか、勢っていうほど多くないですし！　僕ひとりですし！」

「冗談ですよ。そんなに悲しそうな声をあげないで下さい」

菖蒲は、イヌ科ではなくなってしまったことを残念に思っていることを見抜き、ヨモギにやんわりと言った。

「なんにせよ、我々と同じでアヤカシであることには変わりがありませんからね。概念的な存在は、認知が大きくなる度に力を得ることが出来ます。あなたも多くの認知と評価を得られれば、いずれ、神通力が使えるようになるでしょう」

「僕も、独自の神通力が……」

「ええ。お稲荷さんの神通力は、もう流石に使えませんでしょうけどね。でも、書店員としての神通力ならば、きっと得られますよ」

菖蒲の言葉には、説得力があった。ヨモギは、自分の手のひらにまだ見ぬ力が宿っているような気がして、気合を入れるように拳を握る。

「因みに、神通力が使える書店員になるには、何処まで認知を拡大すればいいでしょうかね……」

ヨモギは、恐る恐る尋ねる。

「一人前の書店員としては認められているようですし、次はカリスマ書店員を目指すべきなんでしょうね」

「カリスマ書店員……」

その名の通り、カリスマ性がある書店員のことだ。

主に、本を売ることに莫大な貢献をしていて、その書店員が仕掛けた本は爆売れするとか、売り場を作るのが劇的に上手かったり、目覚ましいエンターテインメント性を持っていたりと、尋常ならざる力を持った書店員を指す。

「そ、それはなかなか、難易度が高いような……」

「そっちの方が燃えるよな、ヨモギ！」

尻込みするヨモギの背中を、千牧はバシバシと叩く。

「いや、書店員としては頑張るつもりだけど、そこまでは……」

「因みに、神通力を得るにはその上のクラスである、神書店員にならないといけないと思いますけどね」

　菖蒲は追い打ちをかける。

「カリスマ書店員の上って、もはや、神の領域では」

「だから、神書店員なんですよ。それくらい認知をされれば、本も思いのままに売れるほどの神通力を得られるんじゃないですかね」

「それくらい認知をされる頃になると、どんな本でも売れるくらいのスキルが身に付くだけでは⁉」

　最早、神通力は関係ない。単純な、本人の努力の結晶だ。

「そうとも言えるかもしれません。でも、そうでないと、私の出版社の本は預けられませんから」

「はっ！　そう言えば、菖蒲さんの出版社の話は⁉」

　押され気味だったヨモギは、菖蒲に一気に詰め寄った。

　菖蒲はややのけぞりながらも、「順調ですよ」と答えた。

「おおよその計画は立てられましたし、ツテも見つけました。ただ、実現するには時間が掛かりそうなので、その間に、あなたにはカリスマ書店員くらいにはなって貰わないといけませんね」

「ぜ、善処しまぁす……」

ヨモギの目が泳ぎ、声が裏返る。

今の状況を、手放しに喜んでいる暇はない。ヨモギは菖蒲達の期待に応えるべく、前に進み続けようと決意する。

『それまでには、防犯カメラがあるといいね。セルフレジは難しいにしても、カメラくらいはつけないと』

パソコンの方から、テラの声が聞こえる。モニターを見てみると、インターネットのブラウザを立ち上げ、防犯カメラ設置工事業者のサイトを開いてくれた。

「確かに、今後は、ちょっと店をあける時があるだろうから、防犯カメラはあった方がいいだろうね。カメラがあるだけでも、抑止力になるし」

奥からやって来たお爺さんは、菖蒲の顔を見るなりぺこりと挨拶をする。

「泥棒でもあったんですか」

菖蒲は、少し心配そうに店内を見やった。そんな彼に、お爺さんは万引き犯のことを簡単に説明する。

「ははあ、そんなことが。それで、先ほどの話に繋がるわけですね。とにかく、無事でよかった」

本当に、と菖蒲は噛み締めるように言った。菖蒲なりに、お爺さんのことを気遣っているらしい。

「窃盗犯も凶悪なのがいますからね。反撃をされなくて良かった。いっそのこと、防犯カメラじゃなくて、トラバサミでも置いておけばいいんじゃないですか？」

「日本ではもう、トラバサミは使えませんから！」

容赦ない菖蒲に、ヨモギはツッコミを入れる。

そんな中、ふと、店の前を小さな黒い影が横切ったような気がした。

ヨモギが急いで顔を出すと、黒猫の後ろ姿があった。

「火車！」

黒猫は足を止め、少しだけ振り返る。

痩せぎすだった身体は、少しだけ豊かになっていたが、その目つきは火車そのものだった。

「……なんだ？」

火車が静かに問う。

「えっと、せっかく会えたし、挨拶でも出来ればと思って……」

それに、火車は理由がないと現れない。ヨモギは、何か教えて貰うべきことがあるのかとドキドキしていた。

そんな落ち着かない様子を察したのか、火車は目を細める。そして、こう言った。

「先日、店を見た時には火種のような——嫌な予感が過ぎった。だが、今は感じない。だから、お前達に伝えることはない」

「そっか……」

不吉を伝える火車の、不吉が去ったという言葉に、ヨモギは安堵する。

恐らく、お爺さんの命の炎が消えそうな事件が起きるということを、予見していたのだろう。だからこそ、確認と忠告に現れたのだ。

だが、その予感はなくなっていたため、火車は何も言わずに立ち去ろうとした。火車の予感は当たっていたが、ヨモギ達がそれを乗り越えたのだ。

「その、心配してくれて有り難う」

ヨモギが礼を言うと、火車は尻尾をゆらりと揺らして応じた。

「火種とかそういうのは関係なく、今度はご飯でも食べに来てくれないかな。お爺さんが作る料理、とっても美味しいしさ。ご飯じゃなくてもいい。僕はもう少し、火車と話がしたいし……」

その言葉に、火車はしばらくヨモギのことを見つめていたが、やがて「にゃぁ」と鳴いて立ち去って行った。

猫の言葉は分からなかったけれど、ヨモギは、その一声に肯定の意味が込められていたように思えた。

「あいつは相変わらず、律義だな。せっかくだし、もっと懐いてくれてもいいのに」

ヨモギの後ろから、千牧も顔を出す。

「イヌ科とネコ科ですからね。多少の隔たりは仕方がないですよ」

菖蒲は、あるあると言わんばかりに頷く。

「あれ、今日はこの時間から盛況？」

聞き慣れた声に、ヨモギは振り返る。

そこには、遅いランチタイムの兎内さんと、鷹野さん、そして——。

「うっ……！」

ヨモギと千牧の声が重なる。

噂をすれば、鶴見さんがやって来た。

「なんだか、獣のにおいが濃いわね。この店、やっぱり何かあるような気がする……」

鶴見さんは出し抜けに鼻をひくつかせ、ヨモギ達の周りをうろつき始めた。ヨモギと千牧は、生きている心地がしなかった。

「ふむふむ……。あなた！」

鶴見さんは、菖蒲の前でくわっと目を見開いた。

「強い獣のにおいを感じますね。このにおいは……犬かしら……？　まさか、犬神(いぬがみ)⁉」

「キャイン！」

菖蒲ではなく、千牧が悲鳴をあげる。

鶴見さん達は不思議そうな顔で千牧に注目するが、ヨモギが小さな身体でその前に立ちはだかった。

「な、なーんて、犬神だったら悲鳴をあげるのかなって思ったみたいです……」

ヨモギは笑顔を張りつかせて、なんとかその場を取り繕う。

一方、菖蒲は落ち着いた様子で咳払(せきばら)いをした。

「私は狸を何匹か飼っていましてね。きっと、そのにおいが服についているんでしょう」

顔色一つ変えずに、菖蒲はさらりと嘘(うそ)を吐いた。流石は、年月を経た化け狸だとヨモギは感心するが、鶴見さんは引き下がらなかった。

「いいえ。ただの獣じゃない気がするんですよ。なんかこう、神社やお寺のような霊場にも似た気配がしましてね……」

「ちょ、ちょっと。そういうのはいいから！　ここではいいから！」

間に割って入ったのは、兎内さんだった。

ごく普通の一般人である彼女の行動に、ヨモギ達は内心で胸を撫で下ろす。

因みに、そんなやり取りには目もくれず、鷹野さんはちゃっかり目当ての新刊を手に取り、お爺さんにお会計をして貰っていた。鷹野さんはゲームに注ぎ込んでいた資金を身の回りに充て始めたようで、肌の張りが良くなっていた。きっと、三食きっちりと食べているのだろう。

「そうそう、ヨモギ君に見て貰いたいものがあって」

何とか鶴見さんを鎮めた兎内さんは、手にしたファイルから何かを取り出した。

ヨモギはそれを見てみると、「わあ」と思わず声をあげる。

そこには、スタンプカードの図案が幾つも描かれていた。

スタンプカードのおおよそのコンセプトは決まったが、やはりヨモギ達が考えたデザインではしっくり来ず、結局、兎内さんに頼むことにしたのだ。

「幾つか案を出したんだけど、どうしても絞れなくて。だから、ヨモギ君達に見て貰った方がいいかなって」

「すげー！　全部カッコイイじゃん！」

後ろから覗き込んだ千牧は目を輝かせる。

「ちょうどいい。ここにいる人達に、意見を聞いてはどうですかね」

顔を綻ばせながら図案を眺めていたお爺さんは、そう提案した。

「いいですね！」と兎内さんは膝を打ち、鶴見さんや鷹野さん、菖蒲さんまで巻き込んで候補を絞ろうとする。

そんな様子を、ヨモギは温かい気持ちで見守っていた。

「お爺さん」

「どうしたんだい？」

「僕、稲荷書店の書店員として、お爺さんや千牧君、そして、テラ君と頑張ろうと思ったんですけど」

「けど？」

お爺さんは、柔らかい口調で続きを促す。

ヨモギは盛り上がるみんなを見て、こう言った。

「ここはやっぱり、お客さん達の稲荷書店でもあるんですね。稲荷書店は書店員だけでなく、お客さんと一緒に成長するお店なんです、きっと」

「ああ、そうだね」

お爺さんは、静かに頷いた。

稲荷書店だけではない。きっと何処のお店も、やって来る人々とともに変化して、成長していくのだ。

だから、彼らと一緒に歩みたい。彼らとともに、稲荷書店を大きくしていきたい。

本と読者の縁を繋ぎ、次の世代へと物語を継がせられる場所にしたい。

人間の人生だって、物語の一つだ。

お爺さんが生きてお婆さんを思い出す限り、お婆さんの物語が続くと言ったように、語り継ぐ人がいれば、その人は永遠になる。

ヨモギもまた、ヨモギ以外の人が紡いでくれたヨモギの物語のお陰で、こうして書店員として存在出来た。

だから今度は、ヨモギがこの場所に恩を返す番だ。

たくさんの物語を置き、たくさんの物語が生まれる場所にしたい。

そんな決意を新たに、ヨモギは未来を見つめるのであった。

小噺

ヨモギ、絆について語る

初夏の日差しが稲荷書店を照らす。

それは、陽気が穏やかな日だった。店先に出たヨモギは、あまりの心地よさに小さな欠伸(あくび)をする。その隣では、千牧が気持ちよさそうに伸びをしていた。

「今日も散歩日和だな」

「そうだね。今日も日向(ひなた)ぼっこ日和だ」

平日の午前中。まだ、人通りが少ない時間帯だった。

ヨモギは陽光に名残惜しそうな目を向けながら、棚の補充をすべく店内に引っ込む。

千牧は首を傾(かし)げつつ、高い棚に納める予定の本を手に取る。

「ヨモギ、人間寄りになったのに、まだ日向ぼっこが好きなのか？」

「人間だって日向ぼっこは好きだよ。お爺(じい)さんも、よく縁側に座ってるし」

「まあ、そうか」

千牧はあっさりと納得する。

「っていうか、日向ぼっこはみんな好きか。狛狐(こまぎつね)だって、日に当たってる方がいいんだろ？」

「狛狐にもよるんじゃない？　苔(こけ)むしてわびさびを出したい狛狐は、日陰の方が好きかもしれないし」

「マジか。狛狐って、そんなこだわりがあるのか」

「僕と兄ちゃんは、日が当たる方が好きだったけどね。苔を生やしたら、身体(からだ)がむずむずしそうで」

ヨモギは身をよじってみせた。

人間の姿になってからは自らの足で移動が出来るため、他の狛狐と交流が可能になり、新たな発見もあった。苔むした方が好きな狛狐がいるというのも、その時になって初めて知ったのである。

「亀(かめ)にも苔を生やしてるやつがいるし、ああいうのと同じかな」

苔じゃなくて藻か？　と千牧は反対方向に首を傾げた。

『あれは藻の仲間だね。緑藻類といって、青のりと同じ種類のようだ』

パソコンからテラの声が聞こえた。因(ちな)みに、藻を生やした亀は蓑亀(みのがめ)と呼ばれるらしい。

「青のりってことは、食えるのか？」

千牧の目が輝いた。それを見たヨモギは、ぎょっとする。

「蓑亀の藻を食べる気⁉」

「お腹(なか)が空(す)いた時に食べられるものが多い方がいいだろ？」

千牧は、きょとんとしていた。

『残念ながら、蓑亀の藻を食べた人の感想は出て来ないね。亀は食べられるけど』

「ってことは、蓑亀は丸ごと食べられる……？」

千牧は気付きを得てしまう。

「いやいやいや！　蓑亀は縁起物だから！　縁起物は気軽に食べちゃ駄目！」

ヨモギは、小さな身体の全身全霊で抗議する。それを聞いた千牧は、ハッとした。

「そ、そうだな。長寿の象徴だったか」

「そうそう。色んな所に縁起物として描かれてるよね」

ヨモギも千牧も、蓑亀の絵には覚えがあった。

「苔を生やしたい狛狐も、その辺に理由があるのかも。苔むしたものって縁起がいいとされるし、ご利益を集めやすいのかもね」

集まったご利益は、巡り巡って信心深い人々の力にもなる。苔を生やしたい派は、そういったことを計算に入れているのだろう。

「でも、絶対にむずむずすると思うんだけど」

何せ、苔は自分とは異なる生物だ。蓑亀も、さぞ、身体をむずむずさせていることだろう。

「まあ、そこは個性ってことだな。苔を生やさなくてもご利益は集められるだろうし、日向ぼっこしてる狛狐を縁起がいいと思う人もいるだろうしさ」

「うん、そうだね」

ヨモギは、千牧にぽんぽんと背中を叩かれながら頷いた。

ヨモギはもう、狛狐として祠の前に立てないけど、カシワは相変わらず祠を守ってくれているので、せめて、身体にむずむずするものが生えないように手入れをしてやらなくてはいけない。

「にしても、勿体無いよな」

「何が？」

千牧の言葉に、ヨモギは小首を傾げた。

「ヨモギが狐じゃなくなったのは、さ。ヨモギの尻尾、めちゃくちゃフサフサだったじゃないか」

「まあ、そこそこには」

棚の補充を終えたヨモギは、自分の尾てい骨の辺りをさすってみせる。

「なんだか落ち着かないんだよね。時々、この辺りがむずむずしてさ」

「こ、苔が生えてるんじゃないか？」

「その話題、ここまで続けちゃうの⁉」

戦慄する千牧に、ヨモギは声を裏返す。

『ヨモギ君のお尻から苔が生えたら、尻尾のようになって元通りじゃないかな。いや、その場合は、苔じゃなくて藻か』

「嫌だよ！　蓑ヨモギにはなりたくないから！」

明るい声のテラに、ヨモギは涙目になって叫ぶ。

「はっ！　青のりと同じ種類の藻だったら、非常食に……！」

千牧は余計な気付きを得てしまう。

「やべーぞ！　尻尾と非常食を兼ねるなんて前代未聞だ！」

「後代も未聞だからね、そんなの！」

ヨモギは一頻り叫んでから、肩で息をする。ツッコミを入れ過ぎて、もはや酸欠だ。

「やばい。開店直後なのに疲れてる……。今日は新刊がいっぱいあるのに……」

午後の便で新刊が入荷するので、それまで体力を温存しなくてはいけない。

稲荷書店は着実に実績を上げて、新刊の入荷数が増えている。その分、お客さんに手に取って貰えるというのはいいことなのだが、入荷数と労力は比例する。

「安心しろよ。力仕事は俺がやるからさ」

千牧は、爽やかにヨモギの肩を叩く。

「だからって、ツッコミには専念出来ないから……。そもそも、ツッコミって仕事じゃないし……」

どうせ疲れるのならば、ちゃんと仕事をして疲れたい。

ヨモギが小さな手で頬を叩き、気を取り直すために店先に出ようとした、その時だった。

「ワンワンワン！」

「ひぎゃっ！」

店の前を通り過ぎようとしたお散歩中の犬に、突然吠えられたのである。

きっと、いきなり鉢合わせてビックリしたのだろう。「ごめんなさいね」とリードを引いているご婦人はヨモギに頭を下げ、つぶらな瞳のトイプードルを引っ張っていった。

「おー、ビックリした。あいつ、身体が小さいのにでかい声だったなぁ」

千牧はひょっこりと顔を出し、お尻をモコモコさせながら去って行くトイプードルを見送る。

「なんか、臆病な奴だったみたいだな。ヨモギにぶつかるかと思って思わず叫んだみたいだぜ」

トイプードルの咆哮を要約しつつ、千牧は振り返る。

だが、ヨモギは硬直したままだった。

「ヨモギ？」

「……出ちゃった」

「なにが？」

千牧は聞き返してしまうが、すぐに理解した。ヨモギのお尻の辺りから、フサフサの尻尾が生えているのである。

「ヨモギぃ！」

千牧は、目を輝かせて尻尾に駆け寄った。

「おかえり、ヨモギ！　会いたかったぜ！」

「尻尾の方が本体⁉」

ギョッとしたヨモギの心境を表すかのように、尻尾が逆立つ。そんなことも構わず、千牧は嬉しそうにぐるぐるとヨモギの周りを回っていた。

「だって、狐の尻尾があってこそのヨモギだろ！」

「それはどうかと思う……」

そもそも、今のヨモギは狛狐ではなく、書店員のヨモギとしてここに存在しているのだ。

書店員のヨモギを認知している人達が、人間の書店員として認知しているのならば、このヨモギもまた、人間の書店員として存在することになる。

そしてヨモギは、積極的に自分の正体を明かしていない。

稲荷書店にとって、色々な意味でお得意さんである兎内さんですら、ヨモギを人間の男の子だと思っている。

一方、千牧や菖蒲はヨモギのことをよく知っているが、彼らはヨモギと同じく概念的な存在なので、概念的存在の形成に深く関わ(かか)れない。概念的な存在を作り上げるのは、飽くまでも、浮世で生きる物質的存在の認知なのだ。

では、なぜ。

ヨモギは、モフモフの尻尾をぐいぐいと押し込もうとしながら、頭の中で疑問を渦巻かせていた。

そんな時、店先に見慣れた影が差す。

「やあ、ただいま」

お爺さんだった。

彼は、ご近所さんに用事があって留守にしていたのだ。手には数枚のチラシのようなものを持っている。

「あああああっ！」

ヨモギは思わず、お爺さんを指さしてしまった。

「どうしたんだい、ヨモギ」

お爺さんはキョトンとしながら、なされるがままに指をさされている。ヨモギはハッとして、「すいません……！」と指を下ろした。

ヨモギは思い出す。

ヨモギの身近な人で、ヨモギの正体を知っている人が二人いたではないか。

一人はお爺さんで、もう一人は三谷だ。ヨモギの家族と書店員としての師匠なので、いずれも、今のヨモギの成り立ちに大きく関わっているはずである。

お爺さんは、ヨモギのお尻からフサフサとはみ出す狐の尻尾を見て、「おや」と目を丸くした。

「狛狐の力が戻ったのかい？」

「いや……、どうやら僕は、『狐の正体を持った人間の姿の書店員』として存在していたようです」

ヨモギは、お爺さん達に自らの考察を説明する。

すると真っ先に、千牧が「やったじゃん！」と叫んだ。

「脱イヌ科じゃなくなったぜ！　俺達はずっとイヌ科だ！」

「ずっ友みたいな言い方しないで⁉　いや、脱イヌ科はちょっと寂しかったから、結果的には良かったけどさ！」

千牧に背中を叩かれながら、ヨモギは複雑そうな表情をする。因みに、尻尾はなんとか押し込めて、今は元通りだ。

『ということは、ご利益が使えない以外は、今まで通りというところかな』

テラは興味深そうだ。さらりと言われたご利益が使えない、のくだりは、ヨモギの心にぐさりと刺さった。

「狐の姿はまあ、馴染みがあるからいいんだけどさ……。でも、やっぱり鶴見さんには要注意だし、そもそも、ビックリすることには気をつけないと……」

何せヨモギは、ショックな出来事があると、狐の耳や尻尾がはみ出てしまう。

アヤカシ仲間やお爺さん、そして、三谷の前で出しても支障はないが、他の人の前で出したら大惨事だ。

すぐに携帯端末を向けられて動画を撮られ、投稿サイトにアップロードされて拡散されてしまう。そうしたら、各種メディアが稲荷書店に押し寄せて、仕事どころではなくなってしまうに違いない。

「メディアが店を占拠したら、お客さんが通れなくなって本が売れなくなっちゃう……」

最悪の事態を想定し、ヨモギは頭を抱える。

「そこで自分の身よりも、本の売り上げを案じちゃう辺り、ヨモギは立派な書店員だよな」

うんうん、と千牧は感心していた。

『デジタルタトゥーが刻まれそうになった時は、ボクが違法なことをして何とか消そうと思うけど、インターネットに繋がっていないところはなすすべがないからね……』

「今、さらりと違法って言ったね⁉」

真剣な表情のテラに、ヨモギはぎょっとする。そこまでされる前に、最悪の事態を避けなくては。

「もし、人前で狐の姿になってしまったら、私が手品だと言って誤魔化すよ」

お爺さんはヨモギの頭を撫（な）でながら、穏やかに言った。

「それが一番平和的な解決方法ですね……！」

お爺さんは稲荷書店の良心だ。やっぱり、お爺さんがいないと成り立たない。

「それにしても、なに持ってるんだ？」

千牧は、お爺さんが手にしたチラシのようなものに、ふんふんと鼻を押し付けた。

「ああ。これは、神田祭（かんだまつり）のチラシだよ。うちでも貼りたいと思ってね」

「神田祭って確か、神田明神の……」

ヨモギは、記憶の糸を手繰り寄せる。

神田祭とは、日本三大祭りの一つだ。神田明神が行う祭礼であり、大規模になったのは江戸時代以降だという。

台風などの影響で祭月が移り、今は五月中旬に行われているが、昔は、旧暦の九月十五日に行われていたそうだ。

「どうして九月十五日だったんだ？」

千牧は不思議そうに目を瞬（まばた）かせた。そんな彼に、お爺さんは笑い皺（じわ）を湛（たた）えながら説明する。

「それは、神田祭が大規模になったことと深いかかわりがあってね。かの有名な徳川家康は、大きな戦いに挑む時は神田明神に戦勝の祈禱を命じていたんだよ」

そして、九月十五日の祭礼の日、徳川家康は合戦に勝利して、ついには天下統一を果たした。それからというもの、徳川家は九月十五日に大々的に神田祭を行わせるようになったという。

「へー、そんな歴史があったんだな。そうなると、神田祭は江戸っ子の象徴の祭りって感じか」

「その通り。昔は山車が出回る祭りだったんだけどね、最近はもっぱら、町神輿が主流になっているよ」

「昔っていうと、爺さんが若かった頃か？」

「いや、もう少し昔かな」

お爺さんは苦笑してみせる。

神田周辺は明治以降の発展も目覚ましく、高架の線路が敷かれたり路面電車が通ったり、あちらこちらに電線が張り巡らされたりしたという。建物も所狭しと建てられていたので、そんな中、大きな山車を引くのは難しかった。

「町神輿も見事なものだけどね。特に、若い人が担いでいる様子を見ると、こちらまで元気になるよ」

「いいな、それ！　うちの前も町神輿は通るのか？」

目を輝かせる千牧に、ヨモギとお爺さんは顔を見合わせた。

「おっ、どうしたんだ？」

「うーん。近くは通るけど、前は通らなかったような。毎回、お神輿を担ぐ声は聞こえるんだけど」

「ああ。残念ながら、店をやりながら見ることは叶わなくてね」

「がーん」

ヨモギとお爺さんの言葉に、千牧はショックを受ける。

「でもほら、近いから休憩時間に見に行けるし。あと、千牧君が神田祭を見に行っている間、僕が店を見てるし」

ショックを受けた千牧があまりにも悲しげだったため、ヨモギは慌ててフォローをする。

だが、千牧は首を横に振った。

「だめだ。俺が神田祭を眺めている間、ヨモギがせっせと働くなんて」

ヨモギに悪いし、と千牧は自らを律する。

「それに、ヨモギだって神田祭を見に行きたいだろ？」

「う、うん、まあ……」

千牧もまた、先ほどからヨモギがソワソワしていることを見抜いていた。ヨモギは、毎回神田祭の気配だけを感じて過ごしていたので、気になってしょうがなかったのだ。

「日曜日に行こう」

お爺さんは、穏やかに、しかしハッキリとした声でこう言った。

「日曜日は、それぞれの町のお神輿が一斉に神田明神に集まるからね。神田のあちこちから活気のある声が聞こえてくるし、境内も賑やかになるよ」

お爺さんの提案に、ヨモギと千牧はパッと表情を明るくさせる。日曜日ならば休業日なので、みんなで一緒に出掛けられる。

「やった！　是非、行きましょう！」

「俺、神輿を担ぐのを応援するな！」

はしゃぐふたりを見て、お爺さんはうんうんと嬉しそうに頷いた。

『それじゃあ、撮影はボクに任せて』

パソコンの中から、テラの頼もしい声がする。

『お店のチャンネルにアップロードしておけば、遠方に住んでいる人にも神田祭を知って貰えるしね。もしかしたら、それをきっかけに来年来てくれるかもしれないし』

「それはいいね。絶対にやろう！」

来年。その言葉自体が、ヨモギは嬉しかった。

一年先も、恐らくさらに先も、書店員として稲荷書店で働ける。そして、たくさんの人と本の縁を繋ぐ機会が得られる。

そう思うと、自然と声が弾んでしまった。

その日は、朝から祭りの笛の音が響き渡っていた。

ヨモギと千牧、そしてお爺さんは、身支度をして店を出る。丁度、ご近所さんも神田祭に行くところのようで、お互いにぺこりと会釈をした。

「すげー。街全体がハレの気で満ちてるぜ」

千牧は鼻をひくひくさせながら言った。犬の姿をしていたら、尻尾をぶんぶんと振っていたことだろう。

「そうかい。きっと、神田明神はもっとすごいぞ。街中の神様が集まっているからね」

お爺さんは、心を弾ませるように神田明神の方を見やる。

神田明神に集まるハレの気に引き寄せられるように、ヨモギ達はのんびりと歩き出した。

『お神輿に担がれるって、どんな気分なんだろうね』

携帯端末の中から、テラの声がする。

お神輿は神霊を乗せて運ぶものなので、神田明神に向かうどのお神輿にも、神霊が宿っていることだろう。

「担ぎ手の人達がいっぱい揺らすし、アトラクションみたいだったりして」

それもちょっと楽しそうかな、とヨモギは思う。

そんな話をしているうちに、丁度、目の前の通りを往(い)くお神輿に行き当たった。

活気に満ちた掛け声とともに、お神輿は上へ下へと揺さぶられている。その度に、てっぺんで翼を広げる鳳凰(ほうおう)が陽光にあたってキラキラと輝いた。軽快な笛の音とともに担ぎ手の汗が珠(たま)のように飛び散り、ハレの気を辺りに振りまいている。

「おおー、楽しそうだな！」

千牧は駆け寄らんばかりに身を乗り出す。

「千牧君も乗りたい？」

「いいや。俺は担ぐ方がいいな！　笛の音に合わせながら、わっしょいわっしょいってやるんだ！」

少年のように純粋な瞳でお神輿を見つめる千牧に、ヨモギはつい、温かい笑みを零(こぼ)してしまった。

「千牧君は、何かをして貰うよりもする方が好きだもんね。僕もお神輿を担いでみたいけど、背の高さがちょっと足りないかな……」

背伸びをしても、お神輿にしがみつくのが関の山だ。

『じゃあ、今度、緑の壁を背にしてお神輿を担ぐ仕草をしてよ。ボクがクロマキー合成でお神輿を担がせてあげる』

「バーチャルお神輿……」

テラの提案は有り難かったが、ヨモギがやりたいのはそれではない。実際にお神輿を担ぎ、神霊とその乗り物の重みを感じたかったのだ。

一方、お神輿は景気のいい掛け声とともに、ヨモギ達の目の前から去って行く。千牧は慌てて、その後を追おうとした。

「せっかくだから、追いかけてみようぜ。どっちみち、神田明神に行くんだし」

「ああ、そうだね。我々もあのお神輿に続こうか」

千牧の提案を、お爺さんが呑む。ヨモギも賛成し、テラが入っている携帯端末で動画を撮ろうとしたのだが――。

「あれ?」

「どうしたんだ?」

「自撮り棒、忘れて来ちゃった」

ヨモギは目線が低いため、時折、自撮り棒を使っている。

特に、混雑していて大人に埋もれてしまいそうな時は、自撮り棒がとても役に立つ。本来の使い方だと邪魔になってしまうが、ヨモギが棒を伸ばすのは、主に垂直方向だ。大人との身体的なギャップを埋めるための道具だった。

「じゃあ、俺が撮ってやるよ」

千牧は携帯端末を受け取る。だが、ヨモギの顔には躊躇(ためら)いがあった。

「しばらくはお願い。僕、取って来るから」

「いや、今日は俺がカメラマンになるってば」

「それはいいんだけど、千牧君が撮ると、時々おもしろ動画になっちゃうから……」

千牧自身が機械を苦手としているためか、動画は高確率で失敗する。

この前は、カメラの自撮り機能をオンにしたまま撮影していたらしく、千牧がひたすら独り言を呟(つぶや)いている動画になっていた。

しかも、機材に対しての致命的なミス以外、テラは指摘しないのだ。彼曰(いわ)く、『ちょっと面白そうだから黙ってた』とのことだった。

そのことを思い出したのか、千牧はしゅんと小さくなった。

「だな。早く取って来てくれよ」

「分かった。みんなは先に行っててて。お神輿の音は遠くからでも分かるし、途中で合流出来なくても、神田明神で会えるはずだから」

「ああ。気をつけて行って来なさい」

身を案じるお爺さんに「はい！」と返事をすると、ヨモギは駆け足で稲荷書店への道を戻る。

あちらこちらから、軽快な笛の音と人々の掛け声が聞こえてきた。

きっと、何処のお神輿も神田明神に向かっているのだろう。早く戻らないと、どれが最初に見たお神輿か分からなくなって、神田明神までに合流が出来なくなりそうだ。

「あれ？」

足早にお店へと戻るヨモギの目に、見慣れない人の姿が飛び込んで来た。

稲荷書店の近くにある路地を、行ったり来たりしているのだ。

「どうしたんですか？」

明らかに困っていそうな青年に、ヨモギは声をかける。

三谷と同じくらいの年齢の、優しそうな眼差しの青年だった。ヨモギに呼び止められ、彼は些かホッとしたように振り返った。

「実は、本屋さんを探していて」

「本屋さん……ですか」

すぐそばには、稲荷書店以外の本屋さんはなかったはずだ。神保町ならば、新刊書店も古書店も選びたい放題だし、エンターテインメント系の本ならば秋葉原が充実している。

そう案内すると、青年は首を横に振った。

「えっと、友達から紹介された本屋さんを探しているんだ。『稲荷書店きつね堂』っていうんだけど」

「うちです！」

ヨモギは思わず、目を丸くして叫ぶ。青年はヨモギの大声に驚いたように、ヨモギよりも目を真ん丸にしていた。

「えっ、本当に？　よかった。渡りに船だ。案内して貰えるかな」

「案内はいいんですけど……」

青年の安堵（あんど）に満ちた表情に罪悪感を覚えながら、ヨモギは稲荷書店を案内する。どうせ、路地の一本向こうという距離なので、実際に見て貰った方が早いだろう。

そしてヨモギは、期待に胸を弾ませて目を宝石のように輝かせる青年とともに、シャッターが閉まった店の前にやって来た。

「今日は休業日なので……」

「ええー……」

青年は、へなへなとその場に座り込んでしまう。

「あわわ、思った以上の落胆っぷり……！　すいません、休みで……！」

ヨモギは、青年を何とか立ち上がらせようと、頭を下げつつ腕を引っ張る。

「いや、いいんだ。休業日を確認しなかった僕が悪いわけだし……」

自分が通っているところは元日以外やってるから、と青年は滲（にじ）んだ涙を拭（ぬぐ）った。

どうやら、本気で腰が抜けていたようで、立ち上がるのには少し時間がいるようだった。

ちょっと繊細な人なのかな、とヨモギは心配になる。

「ところで、君はもしかして、ヨモギ君?」

「はわっ! そ、その通りです!」

名前を当てられたことに驚いたヨモギは、思わず耳をはみ出させそうになる。だが、頭をギュッと押さえて踏み止まった。

「そっか。ヨモギ君に会えただけでも良かった」

「僕の名前をご存知だということは、ご友人というのは常連さんですかね……」

ヨモギは、どの人だろうと記憶の糸を手繰り寄せながら青年に問う。

「何度かここに来てるって言ってたよ。亜門、っていうんだけど」

「亜門さん!」

神保町で出会った、本好きの紳士である。彼は魔法が使えるようで、ヨモギの正体も早々に見破っていた。

彼に出会ってから、彼の口コミを聞いた可愛い物好きの派手な青年コバルトと、大人の色香を漂わせる大物魔神アスモデウスも店にやって来た。

亜門の顔がやたらと広く、友人のキャラがむやみに濃いという認識だった。

それにしては目の前の青年、あまりにも普通だ。

亜門を始めとする今までの訪問者は、神田祭の人ごみに紛れても数十メートル先から居場所が分かりそうだが、この青年は、一度人ごみに紛れてしまったら間近にいても気付けない気がする。

ヨモギは思わず匂いを嗅いでしまった。だが、ほんのりと珈琲の匂いがする以外は、それほど感じられない。

「本当に、亜門さんのご友人ですか？」

「ええっ!? なんで疑われてるの!?」

青年は目を剝く。

「いえ、亜門さんのご友人にしては、普通というか没個性というか……」

「もしかして、コバルトさんやアスモデウスさんもここに……？」

青年の問いかけに、ヨモギは「そうです」と頷いた。コバルトやアスモデウスの名前が出てきた時点で、亜門の知り合いである可能性は充分に高いのだが、ヨモギはまだ懐疑的だった。

「確かに、あのふたりに比べたら没個性だけどさ……。比べる相手が悪いっていう気もするんだけど……」

「す、すいません……。でも、お兄さんは僕が出会った人の中でも薄味な方というか……」

「謝りながらとどめを刺しに来ないでくれる!?」

青年は最早、涙目だった。

口は禍の元だなと思い、ヨモギはきゅっと唇を結んだ。

「まあ、亜門達は個性があってナンボなところがあるよね。ヨモギ君もさ、概念の存在だから、個性を大事にするでしょ？」

ヨモギはぎょっとして身構えるが、亜門から聞いたのだなと悟ると、すぐに構えを解いた。青年もまた、ヨモギに警戒されたことに気付いて慌てる。

「ごめん、ごめん。ヨモギ君のこと、亜門から聞いたんだ。だからちょっと、親しみを感じちゃって」

「親しみ？」

「うん。少しだけ、聞いてくれる？」

青年の問いに、ヨモギはこくんと頷いた。


青年の名前は、司という。

司は人間でありながらも、亜門やコバルト、そしてアスモデウスと友人だそうだ。司は彼らが人ならざるものだということを知っているし、それを受け入れて彼らと付き合っているらしい。

当初は、亜門の正体は受け入れ難くて逃げようかとも思った。だが、彼らの間に芽生えた友情が、司を亜門に繋ぎ止めたのである。

「本当に、色々あったんだ。でも今は、僕にとっての亜門は、一番大切なひとだしね。コバルトさんもアスモデウスさんも、大事な友人だ」

「そっか……。それは、素敵ですね」

稲荷書店のシャッターにもたれかかりながら、ヨモギは司の話を聞いていた。亜門達のことを口にする時、司は五月の日差しにも負けない、温かい目をしていた。

「だから、ヨモギ君に興味が湧いちゃって。あとは、普通に稲荷書店にも興味があったからね」

「司さん、普通っぽいですもんね」

「えっ、僕が言った普通のニュアンスとその普通、ちょっと違わない⁉」

司は再び、目を剝いて抗議をした。ツッコミが忙しい人だ。

「僕って、言うほど普通かな……。亜門達と出会ってから、少しは個性が磨かれたと思うんだけど」

「個性は生来のものなので……」

「辛辣！」

やんわりと諭すようなヨモギに、司はまたも涙目になった。

「でもほら、人間的には個性があるかも……！」

司はどうあっても、個性的と言われたいらしい。ヨモギは今まで出会った人間達を思い出しながら、こう言った。

「お爺さんや三谷お兄さんの方が個性的、かな？」

お爺さんは、優しくて包容力があって料理がおいしい。三谷は、無気力に見えて意外と世話を焼いてくれるし、書店員としての誇りを持っている。

「三谷は寧ろ、人間の中ではかなり個性的な方だから……！」

「三谷お兄さんともお知り合いなんですか？」

「うん。大学の時に一緒だったんだ。亜門と出会った後も、ずっと世話になってる」

司の言葉からは、三谷への心からの感謝の気持ちが伝わって来た。自分にあてられたわけでもないのに、ヨモギは胸が温かくなるのを感じた。

「僕、司さんとは出会ったばかりですし、僕が気付いていない個性が沢山あると思いますよ」

「えへへ、そうかな」

司は、はにかむように笑った。

「でもまあ、無個性であることも個性かと……」

「そっちのフォローはいらないから！」

無個性だということを断固否定したい司は、全身全霊で抗議した。

「それにしても、不思議な縁ですね」

ヨモギは、ぽつりと言った。

浮世の存在と常世の存在がお互いに認め合い、深い絆を結び合うこと自体が稀有なのに、そんな境遇の人と会えるなんて。

「これも、本が繋いでくれた縁なのかな」

「本が？」

司の言葉を反芻するヨモギに、「うん」と司は頷いた。

「本には色々な縁が集まっているからね。作者だけじゃなくて、大勢の人が関わることで本が作られているっていうのもあるし、物語も閉じ込められているから……」

「そういうところには、縁が集まりやすいんですね、きっと」

「そう。だから、僕もヨモギ君も、大切なひとに逢えたんだと思う」

大切なひと。

司の言葉は、優しい響きだった。自然と、お爺さんの姿が重なる。

「ヨモギ君は、これからも書店員として大切なひとと一緒にいるの？」

「はい！」

司の問いかけに、ヨモギは胸を張って答えた。

「というか、『書店員のヨモギ』として存在が成り立っているみたいなので、書店員以外にはなれないと思います。たぶん」

「……もし、書店員をやめてカフェのアルバイトとかをしたら？」

司は遠慮がちに、だが、興味津々に尋ねる。

「どうあっても書店員をやめられないか、カフェのアルバイトになった瞬間消滅するか、就職先のカフェがいきなり書店になるかのどれかですね」

「二番目のはまずいけど、最後のは面白そうだね。ヨモギ君がバイトを転々とすれば、採用された先が全部本屋さんになって、局所的に神保町みたいになるってことでしょ？」

司は、息を呑みつつも声を弾ませた。

「局所的に本の街に出来るとか、なかなか魅力的ですよね。でも、実際は、一番目か二番目だと思いますよ」

「まあ、世の中そんなに上手くいかないか」

「もし、本当にそうなったら、僕は稲荷書店に勤めつつ、掛け持ちでバイト先を転々としますね」

まるで、荒野に種をまいて花を咲かせるかのように、書店がない街を書店だらけにすることだって出来るだろう。

だが、現実はそう上手くいかないというのはヨモギも知っていた。

「神保町は、東京都心にある割には変化が少なくて、書店が数多く残る街だけどさ。全国的に見ると、書店は年々減ってるんだよね」

司は溜息まじりだった。

「学生時代によく行っていた街も、書店が幾つかなくなってってさ」

「それは、寂しいですね……」

ヨモギは、自分のことのように胸を痛める。

稲荷書店だって、なくなってしまった書店の一つになったかもしれないし、これからそうなるかもしれないのだ。

「本屋さんが減ると、その分、本の注文数も減るんだってさ」

「そう……ですよね」

お客さんは、身近なところから本屋さんが消えたら、次に近かった所へ通うようになるとは限らない。残った本屋さんにお客さんが集中して、全体的な注文数が変わらないのならば良かったのだが。

「都心は、ちょっと歩いたら別の書店に行き着くことなんてよくあるけど、地方はそうじゃないからね。町に本屋さんが一軒しかなくて、しかも、隣町の本屋さんまでかなりの距離があるとしたら、一軒しかない本屋さんがなくなったら、諦めちゃうかもしれない」

「無理が出来ないお年寄りだと、移動するのも難しいですしね……」

お爺さんがまさにそうだ。

神田は利便性がいいから、時間をかけたりサービスを利用したりすれば、そこまで不自由なく暮らせる。だが、過疎地ではそうはいかない。

それに、今は娯楽も多様だ。読書を諦めても、手が届くところに無数の娯楽が転がっている。

読書にこだわりがなかった人は、より楽に味わえる娯楽に手を伸ばすだろう。

結果的に、書店が減ると購入者も減って、注文数が減ってしまうのだ。

「注文数が減ると、刷り部数も減っちゃうしさ。刷り部数が減ると、作家の印税も減っちゃうんだ。印税って、定価の何パーセントかを刷り部数で掛け算したものだからね」

「そうなると、作家さんの生活も大変ですよね」

「雑誌の連載が出来れば、原稿料っていうのが入って来るみたいなんだけどね。だけど、文芸誌も少なくなっちゃって掲載されているのは大御所の先生ばっかりだから、若手はなかなか難しいよね」

司は重々しい溜息を吐いていたが、すぐに、ぷるぷると首を横に振った。

「ごめんね。世知辛い話ばっかりで」

「いいえ。世知辛いのはよく分かっているので」

ヨモギだって書店員だ。書店の厳しい状況は分かっている。

加えて、本が飛ぶように売れていた頃を知っているお爺さんもいるので、尚更だ。お爺さんもごくまれに、「昔は刷れば売れていたんだけど」と寂しそうな顔をする。

「でも、俯いてばかりいられないので、僕は一人でも多くの人に本のよさを知って貰えればいいなと思っているんです」

ヨモギは真っ直ぐに、司を見つめた。

「今は、本をあまり知らない若い世代の人達がいる。彼らは、本を知っている上で別の娯楽に行ったわけじゃない。ただ、本を知らないだけなんです。だから、そんな人達にも本を知って貰えるようにしたい。そう思うんです」

「そっか。本を知らないから、これから本の魅力に気付くかもしれない……」

「そうです。そんな人達に向けてアピールすれば、もう少し売り上げも伸びるんじゃないかなって」

ヨモギの決意に満ちた視線と、司の眼差しが絡み合う。

司は目を細めて微笑んだかと思うと、ヨモギの両肩をそっと抱いた。

「ヨモギ君は頼もしい書店員だね。三谷とはまた違った心強さだよ」

「そ、そうですか？」

「ヨモギ君なら、本の未来を明るく出来そうな気がする」

「が……頑張ります」

謙遜しそうになったが、司の言葉を正面から受け止めることにした。本の未来を明るくする手伝いをしたいのは、本当だったから。

「具体的には、どんなことを考えてるの？」

「えっと、動画を」

「動画？」

ヨモギは携帯端末を取り出そうとしたが、千牧に預けていることを思い出した。仕方がないので、司の端末を借りる。

「若い人って、無料で動画を見られるサイトやアプリを使っているんですよね。だから、そういうところでアピールが出来ればいいと思って」

最近は、動画ＳＮＳでもアカウントを取得した。若者の間で話題沸騰中の、ショートムービー専用のＳＮＳである。

テラの指導のもと、犬の姿の千牧はフィルターとエフェクトでコテコテに可愛くされ、その千牧の動作に合わせて、ヨモギが声をあてて本を紹介するというムービーを作っていた。

店の看板犬を使っているというのもあり、そのショートムービーを公開してからは若いお客さんが少しだけ増えた。

問題は、そのお客さん達がいる時は、千牧が犬の姿にならなくてはいけないということか。ヨモギとともに店内にいたイケメンが突然姿を消すことで、訝しむお客さんも少しだけいた。

「世の中が多様化したお陰で、本のアピールをする場所も多様化したわけだね。僕はこういうのが苦手だから、ヨモギ君は凄いなぁ」

司は、ヨモギの声をあてられながらはしゃぐ千牧のムービーを見て感心した。

「こういうところでおススメの本を紹介する書店員さん、他にもたくさんいるんですよね。その人達は本当にお上手なので、いつも勉強させて貰ってます」

ヨモギがムービーを幾つかスワイプして上に送ると、滑舌よく早口で本を紹介するムービーが流れる。要点を絞った紹介と、見やすいフォントの字幕も相まって、頭に強烈に残った。

「うわ、本当だ。青春小説はあんまり読まないのに、この人に薦められると気になっちゃうな……」

「でしょう？　こういう人も、カリスマ書店員って呼ばれるんでしょうね」

実際、フォロワー数はかなりのものである。ムービーの評価も非常に高い。

「そう言えば、三谷も言ってた気がする。最近、若い子からのお問い合わせの時、このアプリのムービーを見せられるって」

「おお……、効果絶大じゃないですか。しかも、書店の垣根を越えている……」

「ヨモギ君の動画を見て、同じことをやっている人がいるかも」

「それはそれで、光栄なんですけどね」

ムービーを見た人が本を欲しがり、近くの書店に駆け込んで、その書店の売り上げが少しだけ上がる。ヨモギとしては稲荷書店の売り上げを増やしたかったが、司の話を聞くと、何処の書店の売り上げも少しずつ増えた方がいいような気もした。そうすることで、一つでも多くの書店が残り、一人でも多くの作家が生き残れるのならば。

「それにしても、ヨモギ君のお店のワンちゃんは可愛いね。この子、今は家の中にいるの？」

「あ、いえ。千牧君は神田明神の方に……」

言いかけてから、ハッとした。ヨモギは、自撮り棒を取りに帰ったのだ。

司と長々と話してしまったが、お爺さん達も待っているはずである。

「そうか。今日は神田祭だもんね。実は僕も、亜門に声をかけようと思ったんだった……」

司もつい、ヨモギと話し込んでしまったらしく、困ったように笑った。

「そうなんですね。それじゃあ、ご一緒にどうですか？　今日は終日、お神輿の宮入をするみたいなんです。だから、神田のあっちこっちからお神輿が来て、賑やかになりますよ！」

ヨモギは目を輝かせながら、司の手を引こうとする。

司もまた、ぱっと笑顔を咲かせた。

「いいね。亜門も誘っていいかな」

「勿論(もちろん)です！」

「それじゃあ、ちょっと神保町に寄ってから――」

司が神保町方面に踵(きびす)を返そうとしたその時、彼らの間に、すっと影が差した。

「俺を差し置いてパーティーとはズルいぞ！　俺も交ぜてくれ！」

雲一つない青空よりも青い髪の、レースとフリルをふんだんにつけた衣装をまとった華美な青年が嵐(あらし)のように登場した。

「コバルトさん！」

ヨモギと司の声が重なる。名前を呼ばれたコバルトは、うんうんと満足そうに頷いた。

「主役は遅れて来るものだ！　さあ、パーティーを始めよう！」

何処からともなく聞こえてくる笛の音を背に、コバルトは華麗に両手を広げる。

「コバルト殿、本日の主役は神田大明神ですぞ」

コバルトの肩を、やんわりと叩く紳士がいた。

眼鏡を掛けた長身の紳士は、かつてヨモギに魔法を見せてくれた亜門だった。

「亜門、どうしてここに」

司は目を丸くする。

「司君が、いつになっても我が巣にお越しにならないので、迎えに来たのです」

「そ、それは本当にすいません……。でも、よくこの場所が分かりましたね」

「稲荷書店のお話をした時、司君は興味津々でしたからな。それに加えて、今日は少しだけ来るのが遅くなるかも、と前日に言い添えられていたので」

「成程……。流石の名推理……」

行動がすっかり読まれていた司は、思わず唸る。

だが、亜門の話には続きがあった。

「日曜日は休業日だとお伝えしていなかったので、シャッターの前でお困りになっているかと思いまして」

「事前のリサーチが不足しているところまで見破られてる⁉」

司は頭を抱える。

稲荷書店の休業日は、実はネット上に公開されている。亜門から休業日を伝えられていなくても、調べようと思えば調べられたのだ。

「ツカサは詰めが甘いな。だが、その詰めの甘さも個性だ。誇るといい！」

コバルトは司の背中をバンバン叩く。「そんな個性はいらないです……」と司は呻くものの、背中を叩かれているせいで声が不自然に震えていた。

「さて、ヨモギ君。息災でしたかな？」

亜門はしゃがみ込み、ヨモギと目線を合わせてくれる。ヨモギは胸を張って少し背伸びをし、出来るだけ亜門に膝を折らせないようにした。

「はい！　亜門さんもお変わりないようで何よりです」

「お陰様で。しかし、ヨモギ君の気配は少しお変わりがあったようですな」

「ええ。色々と」

亜門にも事情を話そうかなと思ったヨモギであったが、ふと、数メートル離れたところに佇む紳士の存在に気付いた。

亜門もまた、帽子を目深に被った紳士に声をかける。

「アスモデウス公も、そのようなところにいないでご一緒にいかがですか？」

「吾輩は、そのイカレ帽子屋と同類だと思われたくなくてね」

アスモデウスは軽く帽子を持ち上げ、ヨモギに挨拶をする。彼が魔のものだという証の角が僅かに窺えたが、通行人は誰一人として気にしていなかった。

日曜日の神田の、僅かな通行人の視線は、皆、コバルトに釘付けだったためだ。

「そんなひねくれたことばかり言っていると、パーティーに加えてやらないぞ」

コバルトは、ツンと唇を尖らせる。

「結構。というか、話しかけないでくれると嬉しいね。吾輩は、奇異の目で見られることを好まない」

アスモデウスは飽くまでも静かに、コバルトを手で払ってみせる。

「ははは……、仲がいいんですね……」

ふたりに挟まれて困り顔の亜門を見て、ヨモギは苦笑することしか出来なかった。

「偶然、おふたりが居合わせてしまいましてな。神田の街が賑やかですし、見物にでも行ければと意見が一致しまして」

亜門は、軽く眉間を揉む。

意見は一致したが、気持ちは一致しなかったらしい。コバルトが一歩詰め寄ると、アスモデウスは二歩引いて距離を取っていた。

「ま、まあまあ。せっかくなので、皆さんで神田明神まで行きましょうよ。そっちにはお爺さん達もいるので、ご一緒出来れば本の話題で盛り上がれるかな、なんて」

ちょこちょこと間に入ると、ヨモギはふたりを宥める。

「是非、店主殿とは本の話をしたいものですな。自分の店のこだわりを語り合いたいものです」

亜門もまた、ヨモギに同意する。その隣で、司も頷いていた。

「ヨモギ君と本の未来の話もしたいしね。あと、千牧君に会ってみたいかも。あのムクムクの毛並みを撫でさせて貰いたいなぁ」

司は千牧の毛並みを想ってか、夢見心地だ。

コバルトとアスモデウスも、お互いを牽制するのをやめ、ヨモギ達とともに神田明神へ